16	3	2	13
5	10	11	8
9	6	7	12
4	15	14	1

Bertolt Brecht

HISTÓRIAS DO SR. KEUNER

Tradução
Paulo César de Souza

Posfácio
Vilma Botrel Coutinho de Melo

editora 34

EDITORA 34

Editora 34 Ltda.
Rua Hungria, 592 Jardim Europa CEP 01455-000
São Paulo - SP Brasil Tel/Fax (11) 3811-6777 www.editora34.com.br

Copyright © Editora 34 Ltda. (edição brasileira), 2006
© Bertolt-Brecht-Erben / Suhrkamp Verlag
All rights reserved by and controlled through Suhrkamp Verlag Berlin

A FOTOCÓPIA DE QUALQUER FOLHA DESTE LIVRO É ILEGAL E CONFIGURA UMA
APROPRIAÇÃO INDEVIDA DOS DIREITOS INTELECTUAIS E PATRIMONIAIS DO AUTOR.

A Editora 34 agradece a Vilma Botrel Coutinho de Melo
e ao Dr. Erdmut Wizisla, Diretor do Bertolt Brecht Archiv, Berlim.

Edição conforme o Acordo Ortográfico da Língua Portuguesa.

Capa, projeto gráfico e editoração eletrônica:
Bracher & Malta Produção Gráfica

Revisão:
Alberto Martins
Cide Piquet

1ª Edição - 2006 (1 Reimpressão),
2ª Edição - 2013 (1ª Reimpressão - 2020)

CIP - Brasil. Catalogação-na-Fonte
(Sindicato Nacional dos Editores de Livros, RJ, Brasil)

Brecht, Bertolt, 1898-1956
B43h   Histórias do sr. Keuner / Bertolt Brecht;
tradução de Paulo César de Souza; posfácio de
Vilma Botrel Coutinho de Melo — São Paulo:
Editora 34, 2013 (2ª Edição).
144 p.

Tradução de: Geschichten vom Herrn Keuner

ISBN 978-85-7326-352-7

1. Ficção alemã. I. Souza, Paulo César de.
II. Melo, Vilma Botrel Coutinho de. III. Título.

CDD - 833

HISTÓRIAS DO SR. KEUNER

Nota dos editores 7

Histórias do sr. Keuner 9
Quinze histórias inéditas 103
Índice das histórias 120

Posfácio 125
Cronologia da vida e da obra de Brecht 137

```
Geschichten vom Herrn Keuner

    Form und Stoff  3
    Freundschaftsdienste  4
    Wenn H.K. einen Menschen liebte  12
    Gespräche  8
    Gastfreundschaft  9
    H.K. in einer fremden Behausung  10
    Rechtsprechung  21
    Orginalität  15
    Die Frage, ob es einen Gott gibt  7
    ~~Das Recht auf Schwäche~~
    Der hilflose Knabe  6
    H.K. und die Natur  1
    Überzeugende Fragen  35
    ~~Vaterländer~~  5
    Das Wiedersehen  38
    Organisation  2
    Weise am Weisen ist die Haltung  11
    ~~Massnahmen gegen die Gewalt~~
    ~~Die Träger des Wissens~~
    Der Zweckdiener  29
    Mühsal der Besten  36
    Die Kunst, nicht zu bestechen  30
    Vaterlandsliebe, der Hass gegen Vaterländer  31
    Hungern  32
    Vorschlag, wenn der Vorschlag nicht beachtet wird  33
    Der unentbehrliche Beamte  34
    H.K. und die Katzen  78
```

Manuscrito encontrado na "Pasta de Zurique", com uma sequência das histórias do sr. Keuner organizada por Brecht.

Nota dos editores

Bertolt Brecht nunca publicou um livro intitulado *Histórias do sr. Keuner*. No entanto, ele escreveu histórias com esta personagem por cerca de trinta anos, de 1926 a 1956, ano de sua morte. Em vida, somente 44 delas vieram à luz, distribuídas entre os cadernos dos *Versuche*, as peças didáticas e as *Kalendergeschichten* (1949). Após sua morte, onze novos escritos foram encontrados em seu espólio e, em 1967, quando da edição das suas obras reunidas pela editora alemã Suhrkamp, surgiu um novo texto. Em 1971, a mesma editora publicou um conjunto de 87 histórias, que compreendia, além daquelas já conhecidas, outras trinta, que hoje se encontram no Arquivo Bertolt Brecht em Berlim, e mais uma, redigida em 1955-56 para a atriz Käthe Reichel.

Foi essa edição de 1971 que serviu de base à primeira tradução de Paulo César de Souza, publicada em 1989 pela editora Brasiliense, de São Paulo. A presente edição — inteiramente revista pelo tradutor — incorpora, em apêndice, quinze histórias inéditas, recém-descobertas na "Pasta de Zurique", pertencente ao espólio da documentarista suíça Renata Mertens-Bertozzi, e, até este momento, nunca publicadas fora da Alemanha.

Histórias do sr. Keuner

O que é sábio no sábio é a postura

Um professor de filosofia foi ao sr. K. e lhe falou de sua sabedoria. Depois de um momento, o sr. K. lhe disse: "Você está sentado de modo incômodo, fala de modo incômodo, pensa incomodamente". O professor de filosofia se irritou e disse: "Não era sobre mim que eu queria saber, mas sobre o conteúdo do que falei". "Não tem conteúdo", disse o senhor K. "Vejo que anda grosseiramente, e não há objetivo que alcance ao andar. Você fala obscuramente, e nada esclarece ao falar. Vendo sua postura, não me interessa o seu objetivo."

Organização

O sr. K. disse uma vez: "Aquele que pensa não usa nenhuma luz a mais, nenhum pedaço de pão a mais, nenhum pensamento a mais".

Medidas contra a violência

Quando o sr. Keuner,* o que pensa, manifestou-se contra a violência, num auditório cheio, notou que as pessoas recuavam e abandonavam o local. Olhou em torno e viu que atrás de si estava... a violência.

"O que disse você?", perguntou a violência.

"Eu falei a favor da violência", respondeu o sr. Keuner.

Depois que o sr. Keuner partiu, seus alunos lhe perguntaram por sua fibra. O sr. Keuner respondeu: "Eu não tenho fibra para que ela seja destruída. Eu tenho que viver mais que a violência".

E o sr. Keuner contou a seguinte história:

Um dia, no tempo da ilegalidade, chegou à casa do sr. Egge,** que tinha aprendido a dizer "não", um agente, que mostrou um documento, emitido em nome dos que dominavam a cidade, no qual constava que a ele devia pertencer toda casa em que pusesse o pé; do mesmo modo, devia receber toda comida que desejasse; também do mesmo modo, todo homem que ele visse devia lhe prestar serviço.

---

* Há pelo menos duas hipóteses sobre o nome desta personagem. Talvez ele se relacione com a palavra grega *koinós* ("comum", "público"); talvez seja uma variante do alemão *keiner* ("nenhum", "ninguém"). (N. do T.)

** Significa "rastelo", em alemão. É também a forma utilizada no norte da Alemanha para *Ecke*, "canto" de um aposento, de uma sala. (N. do T.)

O agente sentou-se numa cadeira, pediu comida, lavou-se, deitou-se e perguntou, com o rosto voltado para a parede, antes de adormecer: "Você vai me servir?".

O sr. Egge cobriu-o com uma coberta, afugentou as moscas, zelou pelo seu sono e obedeceu-lhe, como nesse dia, durante sete anos. Mas, não importa o que fizesse por ele, uma coisa se guardava de fazer: pronunciar uma palavra. Quando os sete anos tinham se passado e o agente tinha se tornado gordo de muito comer, dormir e dar ordens, o agente morreu. Então o sr. Egge o enrolou na coberta estragada, arrastou-o para fora, lavou a casa, caiou as paredes, respirou e respondeu: "Não".

Dos detentores do saber

"Quem detém o saber não pode lutar; nem dizer a verdade; nem prestar um serviço; nem deixar de comer; nem recusar honrarias; nem dar na vista. Quem detém o saber possui, de todas as virtudes, apenas uma: ele detém o saber", disse o sr. Keuner.

O escravo de seus fins

O sr. K. fez as seguintes perguntas:
"Toda manhã meu vizinho ouve música no gramofone. Por que ele ouve música? Porque faz ginástica, eu soube. Por que faz ginástica? Porque precisa ter força, dizem. Para que precisa ter força? Para derrotar seus inimigos na cidade, diz ele. Por que tem que derrotar seus inimigos? Porque quer comer, eu soube".

Depois de saber que seu vizinho ouvia música para fazer ginástica, fazia ginástica para ser forte, queria ser forte para matar seus inimigos, matava seus inimigos para comer, ele fez a sua pergunta: "Por que ele come?".

O esforço dos melhores

"Em que está trabalhando?", perguntaram ao sr. K. Ele respondeu: "Tenho muito o que fazer, preparo meu próximo erro".

A arte de não subornar

O sr. K. recomendou um homem a um comerciante, devido à sua "insubornabilidade". Duas semanas depois, o comerciante voltou ao sr. K. e lhe perguntou: "O que você quis dizer com 'insubornabilidade'?". O sr. K. respondeu: "Quando digo que o homem que você emprega é insubornável, quero dizer que você não consegue suborná-lo". "Ah", disse o comerciante preocupado, "mas eu tenho motivos para temer que esse homem se deixe subornar até por meus inimigos." "Isto eu não sei", disse o sr. K. desinteressado. "Acontece", respondeu o comerciante irritado, "que ele sempre fala o que me agrada, ele se deixa subornar por mim também!" O sr. K. sorriu orgulhoso. "Por mim ele não se deixa subornar", disse ele.

O amor à pátria, o ódio às pátrias

O sr. K. não achava necessário viver num determinado país. Ele dizia: "Posso passar fome em todo lugar". Mas um dia passou por uma cidade que era ocupada pelo inimigo do país no qual vivia. Então cruzou com um oficial do inimigo, que o obrigou a descer da calçada. O sr. K. desceu, e notou que estava aborrecido com esse homem, e não apenas com ele, mas sobretudo com o país ao qual ele pertencia, de modo que desejou que esse país desaparecesse da face da Terra. "Por que me tornei um nacionalista por um minuto?", perguntou o sr. K. "Por ter cruzado com um nacionalista. É por isso que se deve eliminar a estupidez, porque ela torna estúpido aquele com quem cruza."

O ruim também não sai barato

Refletindo sobre os homens, o sr. Keuner chegou a seus pensamentos sobre a distribuição da pobreza. Um dia, correndo os olhos por sua casa, ele desejou ter outros móveis, inferiores, mais baratos, mais miseráveis. Imediatamente foi a um marceneiro e o encarregou de retirar o verniz de seus móveis. Mas, como o verniz estava gasto, os móveis não ficaram com aspecto miserável, e sim estragado. Porém a conta do marceneiro teve que ser paga, e o sr. Keuner teve ainda que jogar fora seus móveis — comprar outros, miseráveis, baratos, inferiores, pois ainda os desejava assim. Algumas pessoas, ao saberem disso, riram do sr. Keuner, pois os seus miseráveis móveis tinham ficado mais caros que os envernizados. Mas o sr. Keuner disse: "Poupar não é próprio da pobreza, e sim gastar. Eu conheço vocês: sua pobreza não condiz com seus pensamentos. Mas com meus pensamentos não condiz a riqueza".

Passar fome

Respondendo a uma pergunta sobre a pátria, o sr. K. tinha dito: "Posso passar fome em todo lugar". Então um ouvinte mais rigoroso lhe perguntou o que significava ele dizer que passava fome, quando na realidade tinha o que comer. O sr. K. justificou-se dizendo: "Provavelmente eu quis dizer que posso viver, se quiser viver, em todo lugar onde reina a fome. Admito que é bem diferente se eu mesmo passo fome ou se vivo onde reina a fome. Mas para minha desculpa me será permitido dizer que viver onde reina a fome é, para mim, se não tão ruim quanto passar fome, certamente muito ruim. Para outros não teria importância que eu passasse fome, mas é importante que eu seja contra o fato de haver fome".

Sugestão para quando uma sugestão não é seguida

O sr. K. recomendava que a toda sugestão se acrescentasse, quando possível, uma outra sugestão, para o caso de a primeira não ser seguida. Assim, quando propôs a alguém que se achava em apuros um procedimento que prejudicasse o menor número possível de outras pessoas, falou também de um outro procedimento, que era menos inofensivo, mas não era o mais implacável. "A quem não pode tudo", disse ele, "não se deve dispensar do mínimo."

Originalidade

"Atualmente", queixou-se o sr. K., "existem muitas pessoas que se gabam de poder escrever grandes livros inteiramente sós, e isso tem a aprovação geral. O filósofo chinês Chuang-Tsé escreveu, na idade madura, um livro de cem mil palavras, do qual nove décimos eram citações. Entre nós, livros assim não podem mais ser escritos, pois falta o espírito. Em consequência, as ideias são apenas de cunho próprio, parecendo preguiçoso aquele que não as produz em número suficiente. É certo que assim não há ideias que sejam tomadas de outros, e também não há formulação de uma ideia que se pudesse citar. E como precisam de pouca coisa para sua atividade, essas pessoas! Uma pena e algum papel é tudo o que podem exibir. E sem qualquer auxílio, apenas com o mísero material que uma pessoa levaria nas mãos, são capazes de erguer suas cabanas. Desconhecem edifícios maiores que aqueles que um indivíduo é capaz de construir."

A questão de existir um Deus

Alguém perguntou ao sr. K. se existe um Deus. O sr. K. respondeu: "Aconselho refletir se o seu comportamento mudaria conforme a resposta a essa pergunta. Se não mudaria, podemos deixar a pergunta de lado. Se mudaria, posso lhe ser útil a ponto de dizer que você já decidiu: você precisa de um Deus".

O direito à fraqueza

O sr. K. ajudou alguém numa situação difícil. Depois esse alguém não deu sinal de gratidão. O sr. K. surpreendeu os amigos ao se queixar vivamente da ingratidão da pessoa. Eles consideraram indelicado o comportamento do sr. K., e disseram: "Você não sabe que não se deve fazer nada esperando pela gratidão, porque o homem é muito fraco para ser agradecido?". "E eu", perguntou o sr. K., "não sou um homem? Por que eu não deveria ser fraco a ponto de exigir gratidão? As pessoas acham que admitem ser bobas quando admitem que se cometeu uma mesquinhez contra elas. Como assim?"

O garoto desamparado

O sr. K. falou sobre o mau costume de engolir em silêncio a injustiça sofrida, e contou a seguinte história: "Um passante perguntou a um menino que chorava qual o motivo do seu sofrimento. 'Eu estava com dois vinténs para o cinema', disse o garoto, 'aí veio um menino e me arrancou um da mão', e mostrou um menino que se via a distância. 'Mas você não gritou por socorro?', perguntou o homem. 'Sim', disse o menino, e soluçou um pouco mais forte. 'Ninguém o ouviu?', perguntou ainda o homem, afagando-o carinhosamente. 'Não', disse o garoto, e olhou para ele com esperança, pois o homem sorria. 'Então me dê o outro', disse, e tirou-lhe o último vintém, continuando tranquilo o seu caminho".

O sr. K. e a natureza

Perguntado sobre sua relação com a natureza, disse o sr. K: "Eu bem gostaria de ver algumas árvores, de vez em quando, ao sair de casa. Especialmente porque elas, graças à aparência que varia segundo a hora do dia e a estação do ano, atingem um grau de realidade tão particular. E também porque nas cidades vamos ficando confusos de ver apenas objetos de uso, casas e trens, que desabitados seriam vazios, não utilizados perderiam o sentido. Nossa peculiar ordem social nos leva a contar também as pessoas entre tais objetos de uso, e por isso as árvores têm, ao menos para mim, que não sou carpinteiro, algo tranquilizadoramente autônomo, indiferente a mim; espero que também para os carpinteiros elas tenham algo que não possa ser utilizado".

"Por que, quando quer ver árvores, o senhor não vai simplesmente para o campo?", perguntaram ao sr. Keuner. Ele respondeu, surpreso: "Eu disse que gostaria de vê-las *ao sair de casa*".

(O sr. K. disse também: "Precisamos fazer um uso parcimonioso da natureza. Permanecendo na natureza sem trabalho, caímos num estado doentio, uma espécie de febre nos ataca".)

Questões convincentes

"Já percebi", disse o sr. K., "que afastamos muitas pessoas dos nossos ensinamentos, por termos uma resposta para tudo. Não poderíamos, no interesse da propaganda, fazer uma lista das questões que nos parecem totalmente irresolvidas?"

Confiabilidade

O sr. K., que era partidário da ordem nas relações humanas, envolveu-se em muitas pelejas durante sua vida. Certa vez ele se viu novamente numa situação difícil, pois na mesma noite era preciso ir a vários encontros, em pontos diferentes e distantes da cidade. Estando doente, pediu emprestado o casaco de um amigo. Este lhe prometeu o casaco, embora tivesse de cancelar um compromisso por isso. À tarde, o estado do sr. K. piorou de tal modo, que as caminhadas em nada o ajudariam, e outras coisas se tornaram necessárias. No entanto, e apesar da falta de tempo, o sr. K., mantendo o que fora combinado, buscou pontualmente o casaco inútil.

O reencontro

Um homem que o sr. K. não via há muito o saudou com as palavras: "O senhor não mudou nada". "Oh!", fez o sr. K., empalidecendo.

Sobre a escolha das bestas

Quando o sr. Keuner, o que pensa, soube
Que o mais conhecido criminoso de Nova York
Um *bootlegger* e assassino
Tinha sido morto como um cão
E enterrado sem canto nem lamento
Expressou apenas perplexidade.

"Como", disse ele, "se chegou a tal ponto
Que nem mesmo o criminoso está seguro de sua vida
E nem aquele disposto a tudo
Pode ter algum sucesso?
Sabe-se que estão perdidos
Os que se preocupam com sua dignidade
Mas também os que a abandonaram?
Então quem escapa do abismo
Deve cair nas alturas?
De noite, dormindo, estremecem as pessoas íntegras,
                                                    banhadas de suor
O mais leve passo as apavora
Sua boa consciência as persegue até no sono
E agora me dizem que também o criminoso
Não consegue dormir em paz?
Que confusão!
Que tempos, esses!
Com uma baixeza trivial, dizem
Nada se resolve.

Com apenas um assassinato
Não se vai adiante.
Duas ou três traições de manhã
Qualquer um estaria disposto a cometer.
Mas que importa a disposição
Se apenas a capacidade conta!
Mesmo a falta de escrúpulos não basta:
A realização é decisiva!

Então até o infame
Vai para a cova sem atenção.
Havendo tantos assim
Ele não chega a dar na vista.
Poderia pagar menos pelo túmulo
Ele, que tanto valor dava ao dinheiro!
Tantos assassinatos
E uma vida tão curta!
Tantos crimes
E tão poucos amigos!
Se ele fosse um indigente
Eles não seriam em menor número.

Como não perder o ânimo
Vendo casos assim?
Que devemos ainda planejar?
Que crimes ainda imaginar?
Não é bom ter grandes exigências.
Diante disso", disse o sr. Keuner
"Ficamos desanimados."

Forma e conteúdo

O sr. K. observava uma pintura na qual alguns objetos tinham uma forma bem arbitrária. Ele disse: "A alguns artistas acontece, quando observam o mundo, o mesmo que aos filósofos. Na preocupação com a forma se perde o conteúdo. Certa vez trabalhei com um jardineiro. Ele me passou uma tesoura e me disse para cortar um loureiro. A árvore ficava num vaso e era alugada para festas. Por isso tinha que ter a forma de uma bola. Comecei imediatamente a cortar os brotos selvagens, mas não conseguia atingir a forma de uma bola, por mais que me esforçasse. Uma vez tirava demais de um lado, outra vez de outro. Quando finalmente ela havia se tornado uma bola, esta era pequena demais. O jardineiro falou, decepcionado: 'Certo, isto é uma bola, mas onde está o loureiro?'".

Conversas

"Não podemos mais conversar um com o outro", disse o sr. K. a um homem. "Por quê?", perguntou ele assombrado. "Em sua presença não me ocorre nada sensato", queixou-se o sr. K. "Mas isso não me incomoda", disse o homem para consolá-lo. "Acredito", disse o sr. K. irritado, "mas a mim incomoda."

Hospitalidade

Quando o sr. K. recorria à hospitalidade de alguém, deixava o aposento como o havia encontrado, porque não lhe agradava que as pessoas deixassem sua marca no ambiente. Pelo contrário, ele procurava mudar sua natureza, de modo a se adequar à habitação; mas certamente isso não devia atrapalhar seus propósitos.

Quando o sr. K. oferecia hospitalidade, mudava pelo menos uma mesa ou uma cadeira do lugar habitual, fazendo alguma concessão ao hóspede. "É melhor que eu decida o que deve se adequar a ele!", dizia o sr. K.

Quando o sr. K. ama uma pessoa

"O que faz você", perguntaram ao sr. K., "quando ama uma pessoa?" "Eu faço um esboço dela", disse o sr. K., "e cuido para que seja semelhante." "O quê? O esboço?" "Não", disse o sr. K., "a pessoa."

Sobre o incômodo de "cada coisa a seu tempo"

Um dia, hospedado com gente não muito familiar, o sr. K. descobriu que seus anfitriões já haviam disposto os pratos para o café da manhã sobre uma mesinha que se via da cama, no canto do quarto. Ele ainda pensava nisso, depois de elogiar mentalmente os anfitriões pela pressa em despachá-lo. Perguntou a si mesmo se também prepararia a mesa do café da manhã à noite, antes de dormir. Depois de refletir um pouco, achou que em determinados momentos isso era correto. Também achou correto que outras pessoas se detivessem ocasionalmente nessa questão.

Sucesso

O sr. K. viu passar uma atriz e disse: "Ela é bonita". Seu acompanhante disse: "Ela teve sucesso recentemente porque é bonita". O sr. K. se aborreceu e disse: "Ela é bonita porque teve sucesso".

O sr. K. e os gatos

O sr. K. não amava os gatos. Não lhe pareciam amigos dos homens; logo, ele não era amigo deles. "Se tivéssemos os mesmos interesses", disse, "a atitude hostil dos gatos me seria indiferente." Mas o sr. K. não gostava de afugentá-los de sua cadeira. "Deitar-se para o descanso é um trabalho", disse ele, "e deve ter êxito." Também quando os gatos gemiam ante sua porta ele se erguia da cama, mesmo no frio, e os deixava entrar no ambiente aquecido. "O cálculo deles é simples", disse ele. "Quando chamam, a porta é aberta; quando não lhes abrimos mais a porta, não chamam. Chamar: isto é um progresso."

O animal favorito do sr. K.

Quando perguntaram ao senhor K. que animal ele apreciava mais que todos, ele mencionou o elefante, e assim se justificou: O elefante une astúcia e força. Não a astúcia mesquinha que basta para evitar uma emboscada ou arranjar um alimento, passando-se despercebido, mas a astúcia que sabe utilizar a força para grandes empreendimentos. Por onde esse animal passa, deixa uma larga pista. No entanto ele é camarada, entende brincadeiras. É tão bom amigo quanto bom inimigo. Muito grande e pesado, ele é, no entanto, também muito rápido. Sua tromba conduz ao corpo enorme até os menores alimentos, amendoins inclusive. Suas orelhas são reguláveis: ele ouve apenas o que lhe interessa. Ele chega a ficar muito velho. Também é sociável, e não só com elefantes. Em toda parte é igualmente amado e temido. Uma certa comicidade torna possível que ele seja até venerado. Ele tem uma pele espessa, na qual se quebram as facas; mas sua índole é delicada. Ele é capaz de ficar triste. É capaz de se enraivecer. Ele gosta de dançar. Ele morre na selva. Ele ama as crianças e outros animais pequenos. Ele é cinza e chama a atenção com sua massa. Ele não é comível. Ele é bom trabalhador. Ele gosta de beber e fica alegre. Ele faz algo pela arte: fornece marfim.

A Antiguidade

Diante de um quadro "construtivista" do pintor Lundström, que representava alguns jarros de água, disse o sr. K.: "Uma pintura da Antiguidade, de uma época bárbara! Naquele tempo os homens já não distinguiam mais nada, o redondo não parecia mais redondo, o ângulo não era mais angular. Os pintores tiveram que acertar tudo novamente e mostrar aos compradores algo determinado, inequívoco, firme; eles viam tanta coisa difusa, fluida, duvidosa; eles estavam tão ávidos de integridade, que já festejavam um homem por não colocar à venda sua tolice. O trabalho era dividido por muitos, vê-se nesse quadro. Aqueles que determinavam a forma não se preocupavam com a finalidade dos objetos; desse jarro não se pode verter água. Naquele tempo devem ter existido muitas pessoas que eram vistas apenas como objetos de uso. Também contra isso os artistas tiveram que se pôr em guarda. Uma época bárbara, a Antiguidade!". Foi lembrado ao sr. K. que a pintura era da atualidade. "Sim", disse o sr. K. tristemente, "da Antiguidade."

Uma boa resposta

A um trabalhador perguntaram, no tribunal, se ele iria fazer o juramento sagrado ou o profano. Ele respondeu: "Estou desempregado". "Isto não foi simplesmente distração", disse o sr. K. "Com essa resposta ele deu a entender que se achava numa situação em que tais perguntas, e talvez todo o processo judicial, não têm mais sentido."

O elogio

Ao saber que tinha sido elogiado por ex-alunos seus, disse o sr. K.: "Depois que os alunos se esqueceram há muito dos erros do mestre, ele ainda se lembra muito bem deles".

Duas cidades

O sr. K. preferia a cidade B à cidade A. "Na cidade A", disse ele, "as pessoas gostam de mim; mas na cidade B foram amáveis comigo. Na cidade A colocaram-se à minha disposição; mas na cidade B necessitaram de mim. Na cidade A me convidaram à mesa, mas na cidade B me convidaram à cozinha."

Favor de amigo

Como exemplo da maneira correta de prestar favor aos amigos, o sr. K. contou a seguinte história: "Três rapazes foram a um velho árabe e disseram: 'Nosso pai morreu. Ele nos deixou dezessete camelos e determinou, no testamento, que o mais velho deve receber a metade, o segundo um terço e o mais novo um nono dos camelos. Até agora não chegamos a um acordo sobre a partilha; fique você com a decisão!'. O árabe refletiu e disse: 'Pelo que vejo, para fazer uma boa partilha vocês tem um camelo a menos. Eu tenho somente um camelo, mas ele está à sua disposição. Levem-no e façam a divisão, e me tragam somente o que restar'. Eles agradeceram por esse favor de amigo, levaram o camelo e dividiram os dezoito camelos de modo que o mais velho recebeu a metade, isto é, nove camelos, o segundo um terço, isto é, seis camelos, e o mais novo um nono, isto é, dois camelos. Depois que eles haviam separado seus camelos restou, para seu espanto, ainda um camelo. Eles o devolveram então ao velho amigo, renovando seus agradecimentos".

O sr. K. considerou justo esse favor de amigo, pois não exigia nenhum sacrifício especial.

O sr. K. numa habitação desconhecida

Entrando numa habitação desconhecida, o sr. K. procurou ver apenas, antes de se recolher, onde eram as saídas da casa. Perguntado sobre isso, respondeu, sem jeito: "Este é um hábito antigo e penoso. Eu sou a favor da justiça; por isso é bom que a casa onde estou tenha mais que uma saída".

O sr. K. e a coerência

Um dia, o sr. K. colocou para um de seus amigos a seguinte questão: "Há pouco tempo me dou com um homem que mora em frente à minha casa. Agora não tenho mais vontade de me relacionar com ele; porém me falta motivo não só para o relacionamento, mas também para o rompimento. Descobri que ele, ao comprar recentemente a pequena casa que até então alugava, mandou derrubar imediatamente a ameixeira que havia diante de sua janela e que lhe tirava a luz, embora as ameixas ainda não estivessem amadurecidas. Devo então tomar isso como motivo para romper o relacionamento com ele, se não exteriormente, ao menos interiormente?".

Alguns dias depois o sr. K. contou a seu amigo: "Rompi o relacionamento com o sujeito; imagine que há meses ele tinha solicitado ao proprietário que cortasse a árvore que lhe tirava a luz. Este não quis cortá-la, porque ainda queria colher os frutos. E agora que a casa passou para o meu conhecido, ele mandou realmente derrubar a árvore, ainda cheia de frutos verdes! Então rompi o relacionamento com ele, por sua conduta incoerente".

A paternidade do pensamento

O sr. K. ouviu a censura de que, no seu caso, com frequência o desejo era o pai do pensamento. Ele então respondeu: "Nunca houve um pensamento cujo pai não fosse um desejo. O que se pode discutir é: que desejo? Não é preciso suspeitar que uma criança não tenha pai, para suspeitar que a determinação da paternidade seja difícil".

Administração da lei

O sr. K. se referia com frequência a uma disposição legal da antiga China, que ele considerava exemplar de certo modo, segundo a qual eram chamados juízes de províncias distantes para julgar os grandes processos. Assim era bem mais difícil que eles fossem subornados (e, portanto, eles não precisavam ser tão insubornáveis), pois os juízes locais vigiavam a sua integridade — sendo pessoas familiarizadas com a questão, e que detestavam os outros juízes. Além disso, estes não conheciam os costumes e a situação do lugar a partir da vivência cotidiana. Às vezes a injustiça toma o aspecto da justiça, pelo fato de ocorrer frequentemente. Os recém-chegados faziam com que se relatasse tudo de novo para eles, e desse modo percebiam as coisas singulares. Por fim, não se viam obrigados, em nome da objetividade, a ferir outras virtudes como a gratidão, o amor às crianças, a confiança nos mais próximos, ou a ter a coragem suficiente para fazer inimigos no próprio ambiente.

Sócrates

Depois de ler um livro de história da filosofia, o sr. K. se manifestou depreciativamente sobre as tentativas dos filósofos de caracterizar as coisas como basicamente incognoscíveis. "Quando os sofistas afirmaram saber muito, sem ter estudado", disse ele, "surgiu o sofista Sócrates com a afirmação arrogante de que sabia que nada sabia. Seria de esperar que ele acrescentasse: pois eu também não estudei nada. (Para saber algo, temos que estudar.) Mas ele parece que não continuou a falar, ou talvez o aplauso imensurável que irrompeu com a sua primeira frase, e que durou dois mil anos, tenha engolido qualquer frase seguinte."

O emissário

Recentemente falei com o sr. K. sobre o caso do emissário de uma potência estrangeira, o sr. X., que realizou algumas missões para seu governo em nosso país, e que após o seu retorno, como soubemos com tristeza, foi severamente castigado, embora tivesse tido grande êxito. "Foi-lhe censurado que, para realizar suas missões, ele se envolveu muito intimamente conosco, seus inimigos", disse eu. "O senhor acredita que ele poderia ter êxito sem esse procedimento?" "Certamente não", disse o sr. K., "ele tinha que comer bem, para poder lidar com seus inimigos, ele tinha que lisonjear bandidos e ridicularizar seu país, para alcançar seu objetivo." "Então ele agiu corretamente?", perguntei eu. "Sim, naturalmente", disse o sr. K., distraído. "Ele agiu corretamente." O sr. K. quis se despedir, mas eu o segurei pelo braço. "Por que então o trataram com esse desprezo, quando retornou?", perguntei, aborrecido. "Ele provavelmente se habituou à boa comida, continuou a relacionar-se com bandidos e tornou-se inseguro nos seus julgamentos", disse o sr. K. indiferente, "e então tiveram que castigá-lo." "E isso, em sua opinião, foi correto da parte deles?", perguntei, indignado. — "Sim, naturalmente, senão como agiriam?", disse o sr. K. "Ele teve a coragem e o mérito de tomar a si uma missão mortal. E nisso ele morreu. Eles deveriam agora, em vez de enterrá-lo, deixá-lo apodrecer no ar e suportar o mau cheiro?"

O instinto natural de propriedade

Quando, numa reunião, alguém se referiu ao instinto de propriedade como natural, o sr. K. contou a seguinte história sobre uns velhos pescadores: "Na costa sul da Islândia existem pescadores que dividiram aquele mar entre si, através de boias ancoradas no fundo. Eles têm mais apego a esses campos de água do que a suas propriedades. São tão ligados a eles que não os deixariam por nada, nem mesmo se lá não houvesse mais peixes, e desprezam os habitantes do litoral a quem vendem sua pesca, como uma raça superficial e sem vínculo com a natureza. Eles se denominam gente da água. Quando apanham peixes maiores, conservam-nos em vasos e lhes dão nomes, afeiçoando-se a eles como sua propriedade. Há algum tempo parece que as coisas vão mal economicamente, mas eles rejeitam com firmeza qualquer tentativa de reforma, a ponto de já terem derrubado vários governos que desprezaram seus costumes. Esses pescadores mostram irrefutavelmente a força do instinto de propriedade, a que o homem está subordinado por natureza."

Se os tubarões fossem homens

"Se os tubarões fossem homens", perguntou ao sr. K. a filha da sua senhoria, "eles seriam mais amáveis com os peixinhos?" "Certamente", disse ele. "Se os tubarões fossem homens, construiriam no mar grandes gaiolas para os peixes pequenos, com todo tipo de alimento, tanto animal como vegetal. Cuidariam para que as gaiolas tivessem sempre água fresca, e tomariam toda espécie de medidas sanitárias. Se, por exemplo, um peixinho ferisse a barbatana, então lhe fariam imediatamente um curativo, para que ele não lhes morresse antes do tempo. Para que os peixinhos não ficassem melancólicos, haveria grandes festas aquáticas de vez em quando, pois os peixinhos alegres têm melhor sabor do que os tristes. Naturalmente haveria também escolas nas gaiolas. Nessas escolas os peixinhos aprenderiam como nadar em direção às goelas dos tubarões. Precisariam saber geografia, por exemplo, para localizar os grandes tubarões que vagueiam descansadamente pelo mar. O mais importante seria, naturalmente, a formação moral dos peixinhos. Eles seriam informados de que nada existe de mais belo e mais sublime do que um peixinho que se sacrifica contente, e que todos deveriam crer nos tubarões, sobretudo quando dissessem que cuidam de sua felicidade futura. Os peixinhos saberiam que esse futuro só estaria assegurado se estudassem docilmente. Acima de tudo, os peixinhos deveriam evitar toda inclinação baixa, materialista, egoísta e marxista, e avisar imediatamente os tubarões, se um dentre eles mostrasse tais tendências. Se os tubarões fossem homens, naturalmente fariam guerras entre si, para conquistar gaiolas e peixinhos estrangeiros. Nessas guerras eles fariam lutar os seus peixinhos, e lhes ensinariam que há uma enorme diferença entre eles e os peixinhos dos outros tubarões. Os peixinhos, eles iriam proclamar, são notoriamente mudos, mas silenciam em línguas diferentes, e por isso não podem se entender. Cada peixinho que na guerra matasse alguns outros, inimigos, que silenciam em outra língua, seria condecorado com uma pequena medalha de sargaço e receberia o título de herói. Se os tubarões fossem homens, naturalmente haveria também arte entre eles. Haveria belos quadros, representando os dentes dos tubarões em cores soberbas, e suas goelas como jardins onde se brinca deliciosamente. Os teatros do fundo do mar mostrariam valorosos peixinhos nadando com entusiasmo em direção às goelas dos tubarões, e a música seria tão bela, que a seus acordes todos os peixinhos, com a orquestra na frente, sonhando, embalados nos pensamentos mais doces, se precipitariam nas gargantas dos tubarões. Também não faltaria uma religião, se os tubarões fossem homens. Ela ensinaria que a verdadeira vida dos peixinhos começa apenas na barriga dos tubarões. Além disso, se os tubarões fossem homens também acabaria a ideia de que os peixinhos são iguais entre si. Alguns deles se tornariam funcionários e seriam colocados acima dos outros. Aqueles ligeiramente maiores poderiam inclusive comer os menores. Isto seria agradável para os tubarões, pois eles teriam, com maior frequência, bocados maiores para comer. E os peixinhos maiores, detentores de cargos, cuidariam da ordem entre os peixinhos, tornando-se professores, oficiais, construtores de gaiolas etc. Em suma, haveria uma civilização no mar, se os tubarões fossem homens."

Espera

O sr. K. esperou algo por um dia, depois por uma semana, e depois ainda por um mês. Por fim ele disse: "Um mês eu poderia muito bem esperar, mas não este dia e esta semana".

O funcionário indispensável

O sr. K. ouviu falar elogiosamente de um funcionário que há muitos anos estava no seu cargo: ele era muito bom, um funcionário indispensável. "Mas como ele é indispensável?", perguntou o sr. K. irritado. "O trabalho não andaria sem ele", disseram os que o louvavam. "Como pode ele ser um bom funcionário, se o trabalho não andaria sem ele?", disse o sr. K. "Ele teve tempo bastante para ordenar as coisas de modo a ser dispensável. Com que ele se ocupa realmente? Vou lhes dizer: com extorsão!"

Afronta suportável

Um colaborador do sr. K. foi recriminado por adotar uma atitude hostil em relação a ele. "Sim, mas somente por trás das minhas costas", disse o sr. K. para defendê-lo.

O sr. K. dirige automóvel

O sr. K. tinha aprendido a dirigir automóvel, mas ainda não dirigia muito bem. "Eu só aprendi a dirigir um automóvel", ele se desculpava. "Mas temos que saber dirigir dois, isto é, também aquele que vai na frente do nosso. Apenas quando observamos quais as condições do tráfego para o automóvel que vai na frente, e quando julgamos os seus obstáculos, é que sabemos como proceder em relação a esse automóvel."

O sr. K. e a poesia

Depois de ler um volume de poemas, disse o sr. K.: "Os candidatos a cargos públicos, em Roma, não podiam usar vestimentas com bolsos ao aparecer no fórum, para que não recebessem dinheiro de suborno. Assim também os poetas não deveriam usar roupas com mangas, para não derramarem versos de dentro delas".*

---

* Brecht utiliza uma expressão idiomática alemã: *etwas aus den Ärmeln schütteln* (literalmente, "sacudir algo das mangas"), que significa "fazer algo com facilidade". (N. do T.)

O horóscopo

O sr. K. solicitou a pessoas que encomendavam horóscopos que dessem ao astrólogo uma data do passado, um dia em que uma felicidade ou infelicidade especial lhes tinha acontecido. O horóscopo devia permitir, até certo ponto, a compreensão do mistério. O sr. K. não teve muito sucesso com essa recomendação, pois os crédulos recebiam de seus astrólogos dados sobre o favor ou o desfavor dos astros que não coincidiam com as experiências dos consulentes, mas eles diziam então, de modo irritante, que os astros indicavam somente certas possibilidades, e estas podiam, afinal, ter existido na data mencionada. O sr. K. mostrou-se muito surpreso e colocou mais uma questão. "Também não me parece claro", disse ele, "por que, entre todas as criaturas, somente os humanos são influenciados pelas estrelas. Essas forças não deixariam os bichos simplesmente de fora. O que acontece, porém, se uma determinada pessoa é de Aquário, mas tem uma pulga de Touro, e se afoga num rio? A pulga talvez se afogue junto com ele, mesmo tendo uma constelação muito favorável. Não gosto disso."

Mal-entendido

O sr. K. assistiu a uma reunião e depois contou a seguinte história: Na grande cidade X havia o chamado Clube Rumpf, no qual era costume, depois de uma ótima refeição anual, pronunciar "rumpf" algumas vezes. Ao clube pertenciam pessoas que não conseguiam esconder sempre suas opiniões, mas que haviam tido a experiência de ver suas palavras mal-entendidas. "Eu soube, porém", disse o sr. K., balançando a cabeça, "que esse 'rumpf' foi mal-entendido por alguns, ao acreditarem que não significa *nada*."

Dois motoristas

Perguntado sobre o modo de trabalho de dois atores, o sr. K. fez esta comparação entre eles: "Conheço um motorista que sabe bem as regras do trânsito, respeita-as e sabe recorrer a elas. Acelera habilmente, em seguida mantém uma velocidade uniforme, poupando o motor, e assim abre caminho entre os demais veículos, com audácia e cautela. Um outro motorista que conheço procede de maneira diferente. Mais que em seu caminho, está interessado no conjunto do trânsito, e dele se sente uma partícula. Não reclama seus direitos e não se destaca pessoalmente. Em espírito, dirige com o carro que vai na frente e com aquele que segue atrás, tendo um contínuo prazer no avanço de todos os carros e também dos pedestres".

Sentimento de justiça

Os anfitriões do sr. K. tinham um cão, e um dia ele chegou cabisbaixo, com todos os sinais do sentimento de culpa. "Ele fez alguma coisa errada; fale com ele de maneira triste e indignada", aconselhou o sr. K. "Mas não sei o que ele fez", protestou o anfitrião. "Mas isso o cachorro não sabe", insistiu o sr. K. "Mostre rapidamente a sua dolorosa desaprovação, senão o sentimento de justiça dele sofrerá."

Sobre a amabilidade

O sr. K. tinha em alta conta a amabilidade. Ele dizia: "Entreter alguém, ainda que amavelmente, não julgar alguém por suas possibilidades, ser amável com alguém apenas quando a pessoa é amável, olhar friamente quando alguém é caloroso, calorosamente quando é frio, isso não é amável".

[O sr. Keuner e o desenho da sua sobrinha]*

O sr. Keuner observou o desenho da sua sobrinha pequena. Representava uma galinha, voando sobre um pátio. "Por que a sua galinha tem três pernas?", perguntou ele. "As galinhas não voam", respondeu a pequena artista, "por isso precisei de mais uma perna para dar o impulso."
"Estou contente por ter perguntado", disse o sr. Keuner.

* O uso de colchetes indica que a história não recebeu um título do autor, tendo o título sido atribuído pela edição alemã. (N. do T.)

O sr. Keuner e os exercícios

Um amigo contou ao sr. Keuner que se sentia melhor de saúde, depois de colher, no outono, todas as cerejas de uma grande cerejeira do jardim. Ele tinha se arrastado, disse, até as pontas dos galhos, e os movimentos diversos, gestos de agarrar em cima e em volta, deviam ter-lhe feito bem.

"Você comeu as cerejas?", perguntou o sr. Keuner, e, de posse de uma resposta afirmativa, disse: "Então esses são exercícios corporais que eu também me permitiria".

Irritação e ensinamento

"É difícil ensinar aqueles com quem estamos irritados", disse o sr. Keuner. "Mas é muito necessário, pois são os que mais necessitam."

[Sobre o suborno]

Quando o sr. Keuner falou do puro conhecimento, num círculo de pessoas do seu tempo, e disse que ele só podia ser alcançado pelo combate ao suborno, alguns lhe perguntaram casualmente o que contribuía para o suborno. "Dinheiro", respondeu imediatamente o sr. Keuner. Então houve grandes "ahs" e "ohs" de admiração, e até algumas sacudidelas de cabeça em sinal de indignação. Assim se revelava o desejo de que os subornados tivessem razões finas e espirituais, e de que não se pudesse repreender um homem subornado por sua falta de espírito.

Muitos, dizem, deixam-se subornar por honras. Com isso querem dizer que não só o dinheiro conta. E, enquanto retiram o dinheiro de alguém que o recebeu ilicitamente, pretendem deixar as honras a alguém que também as obteve ilegitimamente.

Assim, muitos dos que são acusados de aproveitamento preferem dar a entender que obtiveram dinheiro para exercer o poder, e não que usaram o poder para conseguir dinheiro. Mas quando ter dinheiro significa poder, o exercício deste não pode justificar a subtração do dinheiro.

[Erro e progresso]

Quando se pensa apenas em si mesmo, dificilmente se acredita cometer erros, e não se vai adiante. Por isso deve-se pensar naqueles que prosseguem o trabalho começado. Apenas assim se impede que algo seja acabado.

[Conhecimento dos homens]

O sr. Keuner tinha pouco conhecimento dos homens. Ele dizia: "Conhecimento dos homens só é necessário quando há exploração. *Pensar significa transformar.* Quando penso em alguém eu o transformo, quase me parece que ele não é absolutamente como é, mas que passou a ser assim quando comecei a pensar sobre ele".

[O sr. Keuner e a maré]

O sr. Keuner passava por um vale, quando notou de repente que seus pés estavam na água. Então percebeu que seu vale era na realidade um braço de mar, e que se aproximava o momento da maré alta. Imediatamente parou, buscando com os olhos uma canoa, e enquanto desejava uma canoa ficou parado. Mas não aparecendo nenhuma canoa, ele abandonou essa esperança e esperou que a água não subisse mais. Somente quando a água lhe atingia o queixo ele abandonou também essa esperança e nadou. Tinha se dado conta que ele mesmo era uma canoa.

O sr. Keuner e a atriz

O sr. Keuner tinha como amiga uma atriz que recebia presentes de um homem rico. Por isso as opiniões dela sobre os ricos eram diferentes das do sr. Keuner. Ele achava que os ricos são pessoas ruins, mas sua amiga achava que eles não são todos ruins. Por que ela achava que os ricos não são todos ruins? Ela não achava isso porque recebia presentes deles, mas sim porque aceitava presentes deles, pois pensava de si mesma que nunca aceitaria presentes de pessoas ruins. O sr. Keuner, depois de refletir bastante sobre isso, não tinha a respeito dela a opinião que ela tinha de si mesma. "Tire o dinheiro deles!", gritou (aproveitando do inevitável) o sr. Keuner. "Eles não pagaram pelos presentes, eles os roubaram. Tire dessas pessoas ruins o espólio do roubo, para que você possa ser uma boa atriz!" "Eu não posso ser uma boa atriz sem ter dinheiro?", perguntou a amiga. "Não", respondeu veementemente o sr. Keuner. "Não. Não. Não."

[O sr. Keuner e os jornais]

O sr. Keuner encontrou o sr. Wirr,* o que lutava contra os jornais. "Sou um grande adversário dos jornais", disse o sr. Wirr, "não quero jornais". O sr. Keuner disse: "Sou um adversário maior dos jornais: quero outros jornais".
"Escreva numa folha de papel", disse o sr. Keuner ao sr. Wirr, "o que o senhor exige para que jornais sejam publicados. Pois jornais serão publicados. Mas exija um mínimo. Se o senhor, por exemplo, admitir que corruptos façam jornais, isso para mim seria melhor do que se exigisse homens incorruptíveis, pois eu os subornaria para que melhorassem os jornais. Mas se o senhor exigir incorruptíveis, vamos começar então a procurá-los, e se não encontrarmos nenhum, vamos começar então a produzi-los. Escreva numa folha de papel como devem ser os jornais, e se encontrarmos uma formiga que aprove essa folha, vamos então começar imediatamente. A formiga nos será de maior valia para melhorar os jornais do que toda uma gritaria sobre o caráter incorrigível dos jornais. Pois uma montanha será mais facilmente eliminada por uma única formiga do que pelo rumor de que não pode ser eliminada."
Se os jornais são um instrumento da desordem, são também um instrumento da ordem. Precisamente pessoas como o sr. Wirr demonstram, com sua insatisfação, o valor dos jor-

* Significa "confuso", em alemão. (N. do T.)

nais. O sr. Wirr diz que se preocupa com a insignificância atual dos jornais, mas na realidade preocupa-se com o seu valor futuro.

O sr. Wirr considerava o ser humano sublime e os jornais incorrigíveis, enquanto o sr. Keuner considerava o ser humano mesquinho e os jornais corrigíveis. "Tudo pode se tornar melhor", dizia o sr. Keuner, "menos o homem."

Sobre a traição

Deve-se manter uma promessa?

Deve-se fazer uma promessa? Quando algo tem que ser prometido, não existe ordem. Então deve-se produzir essa ordem. O homem não pode prometer nada. O que o braço promete à cabeça? Que continuará um braço e não se tornará um pé. Pois a cada sete anos ele é outro braço. Se um trai o outro, trai o mesmo ao qual prometeu? Na medida em que alguém a quem algo foi prometido se vê em circunstâncias sempre novas, e portanto muda conforme as circunstâncias e se torna outro, como deverá ser mantida a ele a promessa feita a um outro? Aquele que pensa trai. Aquele que pensa nada promete, exceto que continuará sendo um indivíduo que pensa.

Comentário

Dizia o sr. Keuner de alguém: "É um grande estadista. Não deixa que aquilo que uma pessoa é o engane acerca do que pode vir a ser.

O fato de os homens hoje serem explorados, com prejuízo para o indivíduo, e não desejarem isso, não deve nos ocultar que os homens desejam ser explorados. A culpa dos que os exploram, causando-lhes prejuízos, é ainda maior por abusarem de um desejo de grande moralidade".

[Sobre a satisfação dos interesses]

A principal razão pela qual os interesses devem ser satisfeitos consiste em que um grande número de pensamentos não podem ser pensados, por se chocarem com os interesses dos que pensam. Quando não se podem satisfazer os interesses, é preciso mostrá-los e assinalar suas diferenças, pois somente assim o pensante pode pensar pensamentos que sejam úteis aos interesses, pois mais fácil que pensar sem interesses é pensar para interesses alheios.

As duas renúncias

Quando chegou a época dos distúrbios sangrentos, que ele tinha previsto e da qual havia dito que o devoraria, aniquilando-o e apagando-o por muito tempo, aquele que pensa foi retirado da moradia pública.

Então designou o que queria levar consigo na situação de penúria extrema, e receou que aquilo pudesse ser demais, e quando reuniram e colocaram tudo à sua frente, não era mais do que um homem podia levar nem do que podia presentear. Então o que pensa respirou aliviado e pediu que lhe dessem essas coisas num saco, e eram principalmente livros e papéis, e não continham mais saber do que o que um homem podia esquecer. Carregou esse saco e também uma manta, que escolheu segundo a facilidade para lavar. Deixou todos os outros objetos que o rodeavam, entregando-os com uma frase de lamento e as cinco frases de anuência.

Esta foi a renúncia fácil.

Sabe-se, porém, de uma outra renúncia que fez, mais difícil que a primeira. No seu caminho de clandestinidade, algumas vezes chegou a uma casa maior, e nela, pouco antes de os distúrbios sangrentos o engolirem, conforme sua predição, trocou sua manta por uma mais rica, ou por muitas mantas, e também o saco entregou com uma frase de lamento e as cinco frases de anuência, assim como esqueceu também sua sabedoria, para que o apagamento fosse completo.

Esta foi a renúncia difícil.

[Sinal de uma boa vida]

O sr. Keuner viu uma cadeira antiga, esplendidamente trabalhada, e comprou-a para si. Disse então: "Espero que me ocorram muitas coisas, ao refletir sobre como deveria ser uma vida em que uma cadeira como esta não chamasse a atenção, ou em que o prazer que ela proporciona não trouxesse vergonha nem distinção".

"Alguns filósofos", contou o sr. Keuner, "levantaram a questão de como seria uma vida em que toda situação decisiva fosse guiada pela canção da moda. Se tivéssemos uma boa vida, não precisaríamos realmente de grandes motivos nem de conselhos muito sábios, e todas essas escolhas teriam fim", disse o sr. Keuner, apreciando a questão.

[Sobre a verdade]

O discípulo Tief* foi ao sr. Keuner, o que pensa, e disse: "Quero conhecer a verdade".

"Que verdade? A verdade é conhecida. Você quer saber a verdade sobre o comércio pesqueiro? Ou sobre os impostos? Se, ao lhe dizerem a verdade sobre o comércio pesqueiro, você deixar de pagar tanto pelos peixes, você nunca saberá a verdade", disse o sr. Keuner.

* Significa "profundo", em alemão. (N. do T.)

Amor a quem?

Dizia-se da atriz Z. que ela tinha se suicidado devido a um amor infeliz. O sr. Keuner disse: "Ela se suicidou por amor a si mesma. De todo modo, ela não pode ter amado X. Senão ela não lhe teria feito isso. Amor é o desejo de dar algo, não de receber. Amor é a arte de produzir algo com as capacidades do outro. Isto requer atenção e afeição do outro. Isto sempre se pode obter. O desejo exagerado de ser amado tem pouco a ver com amor genuíno. O amor a si tem sempre algo suicida".

Quem conhece quem?

O sr. Keuner perguntou a duas mulheres sobre seus maridos.

Uma delas deu a seguinte informação:

"Eu vivi vinte anos com ele. Dormimos no mesmo quarto e na mesma cama. Fizemos juntos as refeições. Ele me contou todos os seus negócios. Eu conheci seus pais e me relacionei com todos os seus amigos. Sabia de todas as suas doenças, mesmo de algumas que ele não sabia. De todas as pessoas que o conhecem, eu sou quem o conhece melhor."

"Então você o conhece?", perguntou o sr. Keuner.

"Eu o conheço."

O sr. Keuner perguntou a uma outra mulher sobre seu marido. Ela deu a seguinte informação:

"Com frequência ele ficava muito tempo sem aparecer, e eu nunca sabia se voltaria. Há um ano ele não aparece. Não sei se voltará. Não sei se ele vem de uma casa boa, ou se vem dos becos do cais. A casa onde moro é uma boa casa. Ele me procuraria também se eu vivesse numa casa ruim? Não sei. Ele não conta nada, conversa comigo somente sobre os *meus* assuntos. Esses ele conhece bem. Eu sei o que ele diz, não sei? Quando ele vem, às vezes tem fome, às vezes está saciado. Mas nem sempre ele come quando tem fome, e quando está saciado não recusa uma refeição. Uma vez ele chegou com uma ferida. Eu lhe fiz um curativo. Uma vez ele foi trazido. Uma vez ele colocou as pessoas para fora da minha casa. Quando eu o chamo de 'homem obscuro', ele sorri e diz: 'O que está longe é obscuro, o que está presente é claro'. Mas às vezes ele fica triste com essa denominação. Não sei se o amo. Eu..."

"Não fale mais", disse o sr. Keuner apressadamente. "Vejo que você o conhece. Ninguém conhece uma pessoa mais do que você a ele."

[O melhor estilo]

A única coisa que o sr. Keuner falou sobre o estilo foi: "Deve ser citável. Uma citação é impessoal. Quais são os melhores filhos? Aqueles que fazem esquecer o pai!".

O sr. Keuner e o médico

O médico S. lamentou-se ao sr. Keuner: "Falei sobre muita coisa que era desconhecida. E não apenas falei, mas também curei".

"Agora se conhece o que você tratou?", perguntou o sr. Keuner.

S. respondeu: "Não". "É melhor", disse rapidamente o sr. Keuner, "o desconhecido permanecer desconhecido que os segredos serem multiplicados."

[Melhor iguais que diferentes]

O bom não é que os homens sejam diferentes, mas que sejam iguais. Os iguais se agradam. Os diferentes se entediam.

[Aquele que pensa e o falso aluno]

Um falso aluno foi ao sr. Keuner, o que pensa, e lhe contou: "Na América existe um bezerro com cinco cabeças. O que o senhor diz sobre isso?". O sr. Keuner respondeu: "Não digo nada". Então o falso aluno se alegrou e disse: "Quanto mais sábio o senhor fosse, mais coisas poderia dizer sobre isso".

O estúpido espera muito. O que pensa diz pouco.

[Sobre a postura]

A sabedoria é uma consequência da postura.
Como ela não é o objetivo da postura, a sabedoria não move ninguém a imitar a postura.

Da maneira que eu como, vocês não comerão. Mas se comerem como eu, isso lhes será útil.

Eis o que digo: pode ser que a postura faça os atos. Mas vocês têm que organizar a necessidade, para que assim seja.

Com frequência percebo, disse o que pensa, que tenho a postura de meu pai. Mas não pratico os atos de meu pai. Por que pratico outros atos? Porque há outras necessidades. Mas vejo que a postura dura mais tempo que a maneira de agir: ela resiste às necessidades.

Alguns podem fazer apenas uma coisa, se não querem perder a reputação. Não podendo seguir as necessidades, sucumbem facilmente. Mas quem tem postura pode fazer muitas coisas e não perde a reputação.

[Aquilo que o sr. Keuner era contra]

O sr. Keuner não era a favor de despedidas, nem de saudações, nem de aniversários, nem de festas, nem do término de um trabalho, nem do começo de um novo período de vida, nem de acertos de contas, nem de vingança; nem de juízos conclusivos.

[Sobrevivendo aos temporais]

"Quando o que pensa deparou com um grande temporal, estava num carro grande e ocupava muito espaço. A primeira coisa que fez foi descer do carro. A segunda, tirar o casaco. A terceira, deitar-se no chão. Assim sobreviveu ao temporal, expondo-se em seu menor tamanho." Lendo isso, disse o sr. Keuner: "É conveniente assimilar as ideias dos outros sobre nós. Do contrário, não nos entendem".

[A doença do sr. Keuner]

"Por que está doente?", perguntaram ao sr. Keuner as pessoas. "Porque o Estado se acha em desordem", respondeu ele. "Por isso também meu modo de vida não está em ordem, e meus rins, meus músculos e meu coração ficam em desordem.

Quando chego à cidade, tudo anda mais rápido ou mais lento do que eu. Falo apenas com quem está falando, e escuto quando todos escutam. Todo o proveito que ganho de meu tempo vem da confusão; a clareza não traz proveito, a não ser que apenas um a possua."

Insubornabilidade

Perguntado sobre como se poderia educar alguém para ser insubornável, respondeu o sr. Keuner: "Fazendo com que fique saciado". Perguntado sobre como se pode induzir alguém a dar bons conselhos, respondeu o sr. Keuner: "Fazendo com que participe dos benefícios de seus conselhos, e que de outro modo — isto é, sozinho — não obtenha essas vantagens".

[A questão da culpa]

Uma aluna se queixou do caráter traiçoeiro do sr. Keuner.
"Talvez", defendeu-se ele, "a sua beleza seja notada muito rapidamente e esquecida muito rapidamente. Em todo caso, você e eu devemos ser culpados disso, quem mais?", e ele lhe lembrou os requisitos necessários para se dirigir um carro.

O papel dos sentimentos

O sr. Keuner estava no campo com seu filho pequeno. Uma manhã ele o encontrou chorando num canto do jardim. Perguntou pelo motivo da aflição, teve a resposta e continuou andando. Mas na sua volta, como o garoto ainda chorasse, ele o chamou e disse: "Qual o sentido de chorar, se com esse vento ninguém pode ouvi-lo?". O garoto teve um sobressalto, compreendeu essa lógica e retornou ao seu monte de areia, sem demonstrar outros sentimentos.

O jovem Keuner

Alguém contou, sobre o jovem Keuner, que uma garota, de quem ele gostava muito, lhe disse certa manhã: "Sonhei com você esta noite. Você era bastante sensato".

[Luxo]

O que pensa repreendia frequentemente sua amiga, devido ao seu luxo. Certa vez ele descobriu, na casa dela, quatro pares de sapatos. "Eu também tenho quatro tipos de pés", desculpou-se ela.

O que pensa riu e perguntou: "O que você faz quando um par está com defeito?". Então ela percebeu que aquilo ainda não estava bem claro para ele, e disse: "Eu me enganei, tenho cinco tipos de pés". Com isso tudo ficou claro para o sr. Keuner.

[Servente ou dominador]

"Quem não se ocupa de si mesmo cuida para que os outros se ocupem dele. É um servente ou um dominador. Um servente e um dominador mal se diferenciam, exceto para serventes e dominadores", disse o sr. Keuner, o que pensa.

"Então o correto é aquele que se ocupa de si mesmo?"

"Quem se ocupa de si mesmo se ocupa de nada. É o servente do nada e o dominador de nada."

"Então o correto é aquele que não se ocupa de si mesmo?"

"Sim, se ele não dá motivo para outros se ocuparem dele, isto é, se ocuparem de nada e servirem ao nada que eles mesmos não são, ou dominarem o nada que eles mesmos não são", disse o sr. Keuner, o que pensa, sorrindo.

[Uma postura aristocrática]

O sr. Keuner disse: "Também eu assumi certa vez uma postura aristocrática (vocês sabem: reto, empertigado e orgulhoso, a cabeça jogada para trás*). Eu estava de pé, na maré montante. Como a água me chegava ao queixo, assumi essa postura".

---

* Lema da juventude hitlerista. (N. do T.)

[Sobre o desenvolvimento das grandes cidades]

Muitos creem que as grandes cidades ou as fábricas poderiam, no futuro, alcançar dimensões cada vez maiores, afinal incomensuráveis. Para uns isso é um temor, para outros uma esperança. Não há meio confiável de verificar o que pode suceder. Então o sr. Keuner sugeriu não nos preocuparmos com esse desenvolvimento enquanto vivermos, isto é, não agirmos como se as cidades ou as fábricas pudessem crescer desmesuradamente. "Tudo o que está em desenvolvimento", disse ele, "parece contar com a eternidade. Quem ousaria pôr limites ao elefante, que ultrapassa o bezerro em tamanho? E no entanto ele se torna apenas maior que um bezerro, não maior que um elefante."

Sobre os sistemas

"Muitos erros", disse o sr. K., "surgem porque os que falam não são interrompidos, ou o são muito pouco. Assim se forma facilmente um todo enganador, que por ser um todo, o que ninguém pode questionar, parece conforme também em suas partes isoladas, embora estas sejam conformes apenas com o todo.

Muitas contrariedades surgem ou persistem pelo fato de, uma vez eliminados os hábitos prejudiciais, oferecer-se à necessidade que ainda subsiste um sucedâneo muito duradouro. A fruição produz ela mesma a necessidade. Falando através de uma imagem: para as pessoas que sentem a necessidade de sentar durante muito tempo, por serem frágeis, devem-se erguer bancos de neve no inverno, para que na primavera, quando os jovens tiverem se tornado mais fortes e os velhos tiverem morrido, os bancos também desapareçam naturalmente."

Arquitetura

Num tempo em que concepções de arte pequeno-burguesas predominavam no governo, G. Keuner foi consultado por um arquiteto: deveria ele aceitar um grande empreendimento ou não? "Em nossa arte os erros e compromissos persistem por centenas de anos!", exclamou o desesperado. G. Keuner respondeu: "Não mais. Desde o enorme desenvolvimento dos meios de destruição, as construções de vocês são apenas tentativas, sugestões sem compromisso. Material de contemplação para discussões do público. E quanto aos pequenos, horríveis ornamentos, as colunas etc., utilize-os como coisa supérflua, de modo que uma picareta possa rapidamente ajudar as grandes linhas puras a impor seu direito. Confie nos nossos homens, no rápido desenvolvimento!".

Aparato e partido

Quando, depois da morte de Stálin, o partido começou a desenvolver uma nova produtividade, muitos gritaram: "Não temos partido, somente um aparato. Abaixo o aparato!". G. Keuner disse então: "O aparato é a estrutura óssea da administração e do exercício do poder. Durante muito tempo vocês viram só um esqueleto. Agora não deitem tudo abaixo. Quando o dotarem de músculos, nervos e órgãos, o esqueleto não será mais visível".

Quinze histórias inéditas

Música em série

Um dia o sr. Keuner cantou, para um pequeno grupo de pessoas, duas canções que tinham quase a mesma melodia. Ele foi criticado por isso. Ou a melodia combina com a primeira canção, disseram-lhe, e não combina com a segunda, ou o contrário. Só poderia combinar com as duas se um dos poemas bastasse e o outro fosse supérfluo. O sr. Keuner reagiu e falou: "Minhas duas canções podem ser mostradas aproximadamente com a mesma gesticulação* (sem por isso atrapalharem uma à outra, pois a gesticulação não é o principal, ou, se é o principal, poderia usar várias canções), assim tanto cabe a mesma melodia como uma semelhante. É possível costurar roupas que fiquem tão bem numa pessoa que não ficariam bem numa outra de aparência diferente, mas não gosto de roupas assim. Podem ser, no máximo, roupas de domingo. Roupas de trabalho podem ser roupas em série".

---

* O termo original é *Gestus*, que os dicionários alemães dão como sinônimo de *Gestik* (literalmente, "gesticulação"), o conjunto dos gestos que exprimem uma atitude interior. (N. do T.)

O sr. Keuner e a expressão

O sr. Keuner tolerava tão pouco que as pessoas se ocupassem consigo mesmas, que até sugeriu que se reprimisse, tanto quanto possível, a *expressão* de alguma eventual tristeza ou alegria, para que não houvesse a impressão de que o indivíduo se ocupa indevidamente consigo mesmo. "Como poderia eu contar a mesma história para cada um? E ser o mesmo para cada um?", disse ele. "Não estou triste ou alegre para cada um."

["Quando estou em harmonia com as coisas..."]

"Quando estou em harmonia com as coisas", disse o sr. Keuner, "eu não compreendo as coisas, elas me compreendem."

A terceira coisa

O sr. K. jamais estabelecia ele mesmo relação com uma pessoa, mas sempre invocava *a terceira coisa*. Com esta o sr. K. e seu amigo estabeleciam a relação. "Como então", dizia o sr. K., "pode acabar a relação? A terceira coisa pode acabar. Disso vive a relação."

Um aluno abandona o sr. Keuner

Um aluno abandonou o sr. Keuner. Este gostava de lidar com ele: a nenhum outro gostava tanto de contrariar as opiniões. Porém, o sr. Keuner não ficou abatido. "Ele era um bom aluno", disse, "um dos melhores! É pena que tenha ido embora, mas não é ruim. Seria ruim se *vocês dois* partissem", e indicou tranquilamente dois alunos que não estimava muito, "*vocês* não aprenderam nada!"

O sr. K. e a política alemã

O sr. K. disse: "Quando a grande burguesia e a nobreza só puderam manter o sistema capitalista mediante uma ditadura sobre as outras classes, renunciaram a muitas liberdades individuais. Como pode o proletariado esperar instituir sem uma tal renúncia a sua ditadura, sem a qual nunca poderá construir o socialismo?". "Isto é simplificar muito as coisas", disse um ouvinte. "É isso", disse o sr. Keuner, satisfeito.

"Geralmente", disse o sr. Keuner, "um assassino procura desculpar-se mostrando que tinha de cometer o assassinato para continuar vivendo. Os capitalistas alemães, que sempre voltam a fazer guerras — que, aliás, sempre são perdidas —, evitam a desculpa de que tinham de fazê-las tanto quanto evitam a peste. Por quê? Porque significaria que o capitalismo não pode existir sem guerra. O que é a verdade e o motivo pelo qual ele deve ser abolido." "Isso é facilitar a argumentação para si mesmo", disse um ouvinte. "É a minha intenção", disse o sr. K.

"Sou a favor do Estado policial", disse o sr. K. "O quê", exclamou um ouvinte, "já não tivemos um Estado policial por doze anos?" O sr. K. respondeu: "Por doze anos, criminosos fizeram-se de policiais contra pessoas decentes. Eles foram depostos, mas não desapareceram. Se agora as pessoas decentes se recusam a servir de policiais contra esses criminosos, o que eles farão?". "Mas e a liberdade?", disse o ouvinte. "Ela é isso", disse o sr. Keuner.

O vinho e as uvas

Perguntaram ao sr. Keuner se o sofrimento não fazia bem. Ele contestou isso e falou: "Se as uvas existissem apenas para o vinho, então se poderia ter apreço pelo lagar tanto quanto o Papa tem apreço por seu Franco".

Ensinar

Quem não compreende precisa, primeiro, ter a sensação de que é compreendido.

Quem deve ouvir precisa, primeiro, ter a sensação de que é ouvido.

O sr. Keuner fazendo o papel das pessoas

Em relação aos amigos, quando estes haviam cometido erros, geralmente o sr. Keuner era bastante indulgente e solícito, mas às vezes assumia a atitude de alguém desconhecido e indiferente. Chamava isso de *fazer o papel das pessoas*. Ele achava importante que eles sentissem o julgamento das pessoas. "Não é amigável com os amigos", dizia ele, "não mostrar preocupação com eles, perder a reputação. Justamente com os amigos é que se deve manter a reputação. Amizade é isso."

["O sr. Keuner disse..."]

O sr. Keuner disse:
Havendo um apego muito demorado a elas, as palavras de ordem se tornam falsas. Quando o partido lutou pelos salários, ainda havia trabalho e ainda se pagavam salários.

As preocupações dos dominantes não são as dos dominados. Não é uma questão para os dominados o modo como eles
[interrompido]

Exemplo de bom ensinamento

Como exemplo de um bom ensinamento, o sr. Keuner deu o seguinte:

O matemático D. contou à sua pequena sobrinha, que acreditava em anjos, que atrás dela havia um anjo, mas quando ela olhava para trás, o anjo não estava lá, e também não quando ele olhava. Ela olhou para trás várias vezes, e a cada vez seu tio afirmava que o anjo estava sim atrás dela.

O sr. Keuner sobre a cortesia

O sr. Keuner citou o seguinte comportamento da princesa B. como demonstração de cortesia:

Ela o havia convidado, com alguns de seus amigos, para um jantar em sua casa. A comida foi boa, e havia alguns belos quadros para ver. Acima de tudo, a anfitriã revelou-se uma mulher inteligente e cheia de humor, que tomava parte nas pequenas brincadeiras de que o sr. Keuner gostava. Ele estava muito satisfeito. Ao se despedir, quis agradecer. Então a anfitriã, ainda no corredor da casa, trouxe uma lista de nomes, aos quais, a serviço de uma boa causa, ela havia mandado cartas, uma lista que abrangia várias páginas. Com isso deu a entender que o direito a ter visitas e conversas não lhe vinha da boa comida, dos belos quadros, nem mesmo de sua agradável pessoa, mas da atividade útil numa boa causa.

Tal penetração no modo de pensar do convidado pareceu ao sr. Keuner uma demonstração de grande cortesia.

Louvor

O sr. Keuner louvou bastante um homem que o havia ajudado em algo. "Você o louva para que logo ele o ajude novamente", disse um ouvinte maldoso/aborrecido.* "Ora", defendeu-se o sr. Keuner, "mas eu quero ser ajudado apenas por pessoas louváveis."

---

* Assim consta no original. (N. do T.)

O sr. Keuner e a morte

O sr. Keuner evitava enterros.

Vergonha

O sr. H.* disse de um vizinho: "Não posso olhar nos olhos dele, é uma má pessoa".

---

* Assim consta no original. (N. do T.)

Índice das histórias

O que é sábio no sábio é a postura 11
Organização 12
Medidas contra a violência 13
Dos detentores do saber 15
O escravo de seus fins 16
O esforço dos melhores 17
A arte de não subornar 18
O amor à pátria, o ódio às pátrias 19
O ruim também não sai barato 20
Passar fome 21
Sugestão para quando uma sugestão não é seguida 22
Originalidade 23
A questão de existir um Deus 24
O direito à fraqueza 25
O garoto desamparado 26
O sr. K. e a natureza 27
Questões convincentes 28
Confiabilidade 29
O reencontro 30
Sobre a escolha das bestas 31
Forma e conteúdo 33
Conversas 34
Hospitalidade 35
Quando o sr. K. ama uma pessoa 36
Sobre o incômodo de "cada coisa a seu tempo" 37
Sucesso 38

O sr. K. e os gatos	39
O animal favorito do sr. K	40
A Antiguidade	41
Uma boa resposta	42
O elogio	43
Duas cidades	44
Favor de amigo	45
O sr. K. numa habitação desconhecida	46
O sr. K. e a coerência	47
A paternidade do pensamento	48
Administração da lei	49
Sócrates	50
O emissário	51
O instinto natural de propriedade	52
Se os tubarões fossem homens	53
Espera	55
O funcionário indispensável	56
Afronta suportável	57
O sr. K. dirige automóvel	58
O sr. K. e a poesia	59
O horóscopo	60
Mal-entendido	61
Dois motoristas	62
Sentimento de justiça	63
Sobre a amabilidade	64
[O sr. Keuner e o desenho da sua sobrinha]	65
O sr. Keuner e os exercícios	66
Irritação e ensinamento	67
[Sobre o suborno]	68
[Erro e progresso]	69
[Conhecimento dos homens]	70
[O sr. Keuner e a maré]	71
O sr. Keuner e a atriz	72
[O sr. Keuner e os jornais]	73
Sobre a traição	75

Comentário	76
[Sobre a satisfação dos interesses]	77
As duas renúncias	78
[Sinal de uma boa vida]	79
[Sobre a verdade]	80
Amor a quem?	81
Quem conhece quem?	82
[O melhor estilo]	84
O sr. Keuner e o médico	85
[Melhor iguais que diferentes]	86
[Aquele que pensa e o falso aluno]	87
[Sobre a atitude]	88
[Aquilo que o sr. Keuner era contra]	89
[Sobrevivendo aos temporais]	90
[A doença do sr. Keuner]	91
Insubornabilidade	92
[A questão da culpa]	93
O papel dos sentimentos	94
O jovem Keuner	95
[Luxo]	96
[Servente ou dominador]	97
[Uma postura aristocrática]	98
[Sobre o desenvolvimento das grandes cidades]	99
Sobre os sistemas	100
Arquitetura	101
Aparato e partido	102

Quinze histórias inéditas

Música em série	105
O sr. Keuner e a expressão	106
["Quando estou em harmonia com as coisas..."]	107
A terceira coisa	108
Um aluno abandona o sr. Keuner	109
O sr. K. e a política alemã	110
O vinho e as uvas	111

Ensinar 112
O sr. Keuner fazendo o papel das pessoas 113
["O sr. Keuner disse..."] 114
Exemplo de bom ensinamento 115
O sr. Keuner sobre a cortesia 116
Louvor 117
O sr. Keuner e a morte 118
Vergonha 119

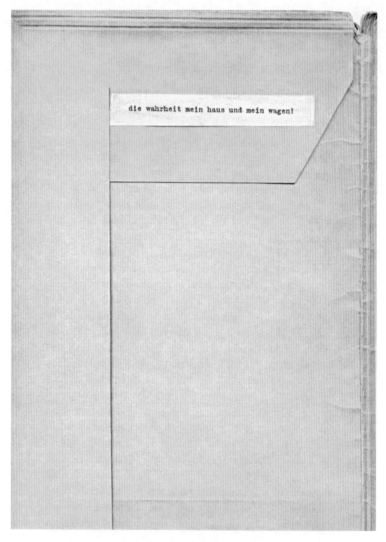

Capa da "Pasta de Zurique", onde se encontravam as quinze histórias inéditas do sr. Keuner reproduzidas neste volume.

"A verdade, minha casa e meu carro!"

Vilma Botrel Coutinho de Melo

As palavras acima, escritas em uma tira de papel, encontram-se coladas na capa de uma pasta adquirida em janeiro de 2004 pela Academia das Artes de Berlim para o Arquivo Bertolt Brecht. Estes documentos pertenciam ao espólio da documentarista suíça Renata Mertens-Bertozzi, falecida no ano 2000, em Zurique. Nessa pasta encontram-se 88 folhas com 132 textos, em sua maior parte histórias do sr. Keuner, sendo quinze delas inéditas.

As palavras escritas na tira de papel podem ser melhor entendidas à luz do seguinte episódio. Em 1938, em seu exílio na Dinamarca, Brecht confidencia a Walter Benjamin: "A mim também eles proletarizaram"; e o filósofo registra, em seus escritos, a fala de Brecht: "Eles me tiraram não apenas minha casa, meu lago de peixes e meu carro, mas roubaram também meu palco e meu público". As mesmas palavras retornam, com pequena variação, num poema da mesma época, que termina com os versos "A verdade é para mim como uma casa e um carro/ E eles me foram tomados".[1]

Mesmo após a publicação dos 33 volumes da grande edição comentada da obra de Bertolt Brecht pela Suhrkamp, em 1998, ano de seu centenário de nascimento, ainda se fazem descobertas significativas no que toca à obra de Brecht. A Academia das Artes de Berlim adquiriu em 2006 uma outra

---

[1] Para a íntegra do texto, ver *Poemas 1913-1956*, tradução de Paulo César de Souza, São Paulo, Editora 34, 2000, pp. 97-8.

coleção de manuscritos, cartas e documentos que Brecht havia deixado, no final de década de 1940, com Victor N. Cohen, também na Suíça, perto de Zurique, para que este guardasse naquele tempo de incertezas. Nas palavras de Erdmut Wizisla, diretor do Arquivo Bertolt Brecht, essas aquisições iluminam uma fase crítica da biografia do autor e revelam muitas coisas até então desconhecidas sobre seu ofício literário e suas articulações. Brecht estava com 51 anos quando deixou Zurique pela segunda vez e estes documentos são testemunhos de um tempo de fama internacional, de canonização e da construção de um mito. Para seus leitores habituais, é como se encontrássemos um velho conhecido, porém, ao mesmo tempo, novo, radiante e cheio de vigor.

Em 2006, comemora-se o cinquentenário da morte de Bertolt Brecht. Não é o caso de detalhar aqui a recepção de sua obra no Brasil. Basta lembrar que entre nós ele é conhecido sobretudo por sua obra dramática, cuja importância, principalmente nas décadas de 1960 e 1970, se deveu, em grande parte, à consciência política que imprimiu ao teatro brasileiro, num momento decisivo de sua trajetória. Sábato Magaldi afirma que "nos anos negros da ditadura, o exemplo brechtiano apontou para os nossos homens do palco o caminho firme da oposição ao fascismo".[2]

Dois episódios pitorescos envolvendo a recepção da obra de Brecht no país fazem parte da memória teatral brasileira. O primeiro ocorreu em Belo Horizonte, em 1964, ano em que se iniciou o regime militar no Brasil. O grupo Teatro Quarta Parede, dirigido por Jonas Bloch, preparava-se para a segunda temporada da peça *Os fuzis da senhora Carrar*. Preocupado por estar pretendendo encenar uma obra de conteúdo tão revolucionário em uma época assaz conturbada, o diretor

---

[2] Sábato Magaldi, "O papel de Brecht no teatro brasileiro", *in* Wolfgang Bader (org.), *Brecht no Brasil: experiências e influências*, São Paulo, Paz e Terra, 1987.

wenn herr keuner einen menschen liebte
was tun Sie, wurde herr keuner gefragt, wenn Sie einen menschen lieben?
ich mache einen entwurf von ihm, sagte herr keuner, und sorge, dass
er ähnlich wird. -wer? der entwurf? - nein, sagte herr keuner, der mensch.

das gespräch
wir können nicht mehr miteinander sprechen, sagte herr keuner zu einem mann.
warum?fragte der erschrockene. ich bringe in Ihrer gegenwart nichts vernünfti-
ges hervor, beklagte sich herr keuner. aber das macht mir doch nichts, trös-
tete ihn der andere. -das glaube ich, sagte herr keuner erbittert, aber mir
macht es etwas.

ruhm
einen mann der ihm bei etwas geholfen hatte, rühmte herr keuner sehr. du
rühmst ihn wohl so, dass er dir bald wieder hilft, sagte ein zuhörer beshaft (geärgert)
ach wo, wehrte sich herr keuner, aber ich möchte dass mir nur von berühmten
leuten geholfen wird.

die menschen so sehen wie sie sind, das ist die erste stufe, sagte h k. und
die erste stufe ist dazu zu ersteigen, damit man die zweite ersteigen kann.
die zweite stufe aber ist: die menschen zu dem machen was sie werden können.

Manuscrito de Brecht, da "Pasta de Zurique", com os originais de "Quando o sr. K. ama uma pessoa", "Conversas" e "Louvor" (em alemão, "Ruhm"), uma das histórias inéditas do sr. Keuner.

foi buscar permissão para realizar a montagem. A encenação foi liberada, com a condição de que, antes de cada apresentação, fosse anunciado que a peça não tinha nenhuma ligação com o regime político então vigente no país. Tal precaução acabou tendo o efeito contrário e chamando a atenção dos espectadores para a semelhança entre este e o regime ditatorial espanhol de Franco, no qual a peça é ambientada, e precipitou a mobilização dos grupos teatrais da cidade contra o regime militar, como já ocorrera em São Paulo e no Rio de Janeiro.[3] O segundo resume-se à notícia de que "em 1966, no Rio de Janeiro, foi expedida uma ordem de prisão para um certo sr. Bertolt Brecht, muito falado nos meios teatrais. Infelizmente não foi possível cumprir-se tal ordem, pois, naquele ano, estava sendo comemorado na Alemanha o décimo aniversário de sua morte".[4]

De fato, na produção literária brechtiana, a predominância cabe, sem dúvida, à dramaturgia. No entanto, a prosa, ainda que ocupe lugar discreto em relação ao teatro, é de uma singularidade tal, que a torna distinta de tudo o que a literatura da época havia realizado. A preocupação do autor em experimentar novos modelos e superar a forma do romance burguês aproxima-o, na prosa, das *short stories* americanas e inglesas, bem como da literatura chinesa e da Bíblia, seu referencial maior (segundo ele próprio). É dentro dessa singular articulação que as histórias do sr. Keuner ocupam um lugar especial.

A personagem de Keuner surge pela primeira vez nos escritos de Brecht em 1926, na composição dos projetos da

---

[3] Fato narrado por Sérgio Rodrigo Reis no jornal *Estado de Minas*, 8/2/1998.

[4] Conforme gravação de um programa de rádio, feito em Belo Horizonte a 10 de fevereiro de 1988, em homenagem aos noventa anos de nascimento de Brecht, realizado para o Instituto Goethe por Luís Carlos Eiras, com a colaboração do seu então diretor Roland Schaffner.

peça-fragmento *Decadência do egoísta Johann Fatzer*. Keuner é um dos quatro desertores convencidos por Fatzer a abandonar uma guerra sem sentido (a Primeira Guerra Mundial) e já revela traços de "professor" dos outros três, levando os companheiros a refletir sobre suas atitudes. A partir desse ano, Keuner torna-se um companheiro constante de Brecht. Seu nome pode ser explicado por duas vias: pelo termo grego *koinós*, "o que diz respeito a todos" — que se configura como ninguém em particular —, ou pela palavra *keiner*, "ninguém", que se pronuncia "*koiner*" no dialeto suábio alemão. O autor, entretanto, nunca fez considerações sobre o significado da personagem no conjunto de sua produção artística, nem chegou a publicar um livro intitulado *Histórias do sr. Keuner*. Ele apenas escreveu, ao longo de quase trinta anos, histórias em que essa figura aparece, tendo publicado muitas delas junto com outros trabalhos seus, como em algumas das peças chamadas "didáticas".

Vale lembrar que essas peças não têm como objetivo o ensinamento do marxismo ou, mesmo, de qualquer outra filosofia ou teoria social, mas o reconhecimento mais exato da realidade. Assim, elas dão margem a experimentos sociológicos e ajudam aqueles que nelas atuam a reconhecer "ideologia" e "realidade" e a diferenciar esses dois conceitos. É no contexto dessas peças que Keuner aparece, a princípio com o aposto de "o pensador", lendo um comentário. O sr. Keuner, o que pensa, cumpria portanto a função de levar as pessoas que atuavam nas peças didáticas a refletir sobre o que acabavam de realizar.

Nesse sentido, a importância dessa personagem não está em "sua pessoa", sobre a qual, aliás, pouco se chega a saber. Ele tem alguns amigos ou camaradas, mora em uma casa alugada, tem um filho, uma sobrinha pequena e uma namorada, que é atriz. Mas essas informações não são suficientes para explicar as posturas que assume. Ao contrário, suas atitudes são tomadas sempre levando em consideração a pessoa com quem ele está dialogando, e vice-versa. O interesse de Keuner não está, pois, na representação do "sujeito", mas sim no relacionamento intersubjetivo, naquilo que acontece entre os sujeitos — o que é, no fundo, um dos temas mais caros a Brecht.

Não é de se admirar, portanto, que algumas de suas teorias sobre o teatro, bem como os princípios de seu pensamento estético e político-filosófico, estejam sintetizados na figura do sr. Keuner, cujas histórias constituem uma condensação extrema de ficção e teoria e, antes de se definirem como pequenas composições em prosa, podem ser caracterizadas como momentos épico-teatrais, ou microcélulas teatrais.

Nesses textos, que variam de uma linha a uma página e meia, Brecht não monta uma argumentação que conduza a uma conclusão. Em vez disso, deixa a história em aberto, terminando-a, às vezes, com um dito engraçado ou uma resposta irônica, surpreendente ou desconcertante, quase um quebra-cabeça para o leitor. Ao acabar de ler, este perceberá que não há propriamente uma conclusão para a argumentação, mas que esta consiste num infindável processo dialético.

A criação da figura de Keuner é interpretada por muitos críticos como oriunda da necessidade de uma figura positiva, em contraposição ao niilismo de Baal, personagem de uma das primeiras peças de Brecht, que também chegou a ser associado à personalidade de seu criador. Mas enquanto Baal usa as pessoas e a sociedade em benefício próprio, Keuner utiliza-as em função do coletivo, do Estado. Embora representantes de polos aparentemente opostos, Baal e Keuner convivem de forma aglutinadora, e Brecht combina as duas tendências ao longo das histórias do sr. Keuner.

Sintomática dessa convivência é a história "O garoto desamparado". Em uma primeira versão, constavam no texto as figuras de Baal, Lupu e do jovem que chora porque lhe roubaram uma das duas moedas que havia juntado para ir ao cinema. Após ouvir do jovem que não reagira de forma efi-

Herr Keuner kritisierte die Zeichnungen des grossen Malers Klein, auf denen das Proletariat sehr kümmerlich aussah. Um seinen Standpunkt begründen erzählte er folgende Geschichte:

Einen vor sich hinweinenden Jungen fragte ein vorübergehender Mann nach dem Grund seines Kummers. Ich hatte zwei Groschen für das Kino beisammen, sagte der Knabe, da kam ein Junge und riss mir einen aus der Hand, und zeigte auf einen Jungen, der in einiger Entfernung zu sehen war. Hast du denn nicht um Hilfe geschrieen? fragte der Mann. Doch, sagte der Junge und schluchzte stärker. Hat dich denn niemand gehört, fragte ihn der Fremde weiter, ihn liebevoll streichelnd. Nein, schluchzte der Junge. Konntest du denn nicht lauter schreien? fragte der Mann. Nein, sagte der Junge, blickte aber den Mann mit neuer Hoffnung an. Der Mann lächelte. Dann gib auch den her, sagte der Mann, riss ihm den letzten Groschen aus der hand und ging unbekümmert weiter.

Manuscrito de Brecht, da "Pasta de Zurique",
com uma versão, ainda em processo, da história que
viria a ser intitulada "O garoto desamparado".

ciente ao roubo, Baal manda Lupu tirar-lhe a outra moeda. Posteriormente, o mesmo texto aparece nas *Kalendergeschichten* (1949), mas já então como uma história contada pelo sr. Keuner e sem a figura de Baal. No fundo, ambos têm um propósito pedagógico — mas se Baal quer demonstrar a Lupu a força associal de seu gesto e a comprovação da lei da selva, que rege a sociedade, o sr. Keuner quer mostrar as consequências de um protesto ineficiente.

Outro dado importante para compreender o surgimento do sr. Keuner é o fato de que, no final dos anos 20, quando escreve as óperas *Ascensão e queda da cidade de Mahagonny* e *Ópera dos três vinténs*, Brecht opõe-se ao conceito wagneriano de "obra de arte total" e aponta a necessidade de separação dos elementos — palavra, música e representação — na composição da nova ópera, o que resultará numa atitude objetiva e distanciada do espectador. Essa atitude antecipa a adoção de um dos princípios básicos do seu teatro épico — o distanciamento — e permite ao espectador assumir uma postura crítica frente à realidade. Ora, é precisamente o distanciamento que caracteriza a postura do sr. Keuner diante das circunstâncias, o que lhe permite uma atitude crítica constante. Corroborando esta hipótese citamos o crítico John Milfull, quando afirma que "o otimismo do sr. Keuner [...] não é 'natural', e só pode ser alcançado por meio de um estranhamento do mundo que nos cerca".[5]

Certos estudiosos da literatura universal veem no sr. Keuner as características de um rabino, outros apontam nele traços de Jesus, outros ainda do Monsieur Teste, personagem de Paul Valéry. Algumas situações o remetem ao K. de Kafka. Walter Benjamin, que por algum tempo compartilhou com Brecht de seu exílio na Escandinávia, o descreveu com "traços chineses, imensamente astuto, imensamente reservado,

---

[5] John Milfull, *From Baal to Keuner: the "second optimism" of Bertolt Brecht*, Berna, Herbert Lang, 1974.

imensamente gentil, imensamente idoso, imensamente capaz de adaptação".[6] Reunindo as características de muitos e de ninguém, podemos dizer que Keuner encarna, sobretudo, a figura do "homem como processo", para quem o pensar não constitui uma atividade filosófica passiva, mas está profundamente ligado a uma "operação", de base dialética, que se destina a intervir nas relações entre o indivíduo e a coletividade.

Acredita-se que a primeira história com esta personagem — "O sr. Keuner e os jornais" — tenha sido escrita em 1926 e a última — "O sr. Keuner e os exercícios" — em 1956, ano da morte de Brecht. Alguns estudiosos afirmam que apenas uma história foi datada pelo autor: "Dois motoristas", de 1º de março de 1953. Jan Knopf, entretanto, aponta a história "Se os tubarões fossem homens" como a única datada por Brecht, e explica que o plano do autor era incluí-la nos *Diálogos de refugiados,* junto com outras histórias.[7] Nos anos em que viveu no exílio — de 1933 a 1948 —, Brecht escreveu cerca de 22 histórias do sr. Keuner, muitas delas sobre o nazismo. De 1948 — ano em que se ocupou de forma intensa do trabalho de criação e desenvolvimento do Berliner Ensemble — em diante, surgiram de quatro a sete novas histórias, sendo a última delas de 1956. A rigor, Brecht "recorreu" a Keuner em muitas ocasiões, o que confirma a importância dada à figura do "pensador" no conjunto de sua produção intelectual.

As histórias do sr. Keuner não foram reunidas por Bertolt Brecht em um só livro. Em vida ele chegou a publicar apenas 44 histórias nos cadernos dos *Versuche* (*Ensaios*), entre as peças didáticas, ou, também, junto às *Kalendergeschichten.*

---

[6] W. Benjamin, *Versuche über Brecht*, Frankfurt am Main, Suhrkamp, 1971.

[7] Jan Knopf, *Brecht-Handbuch: eine Ästhetik der Widersprüche*, v. 2, *Lyrik, Prosa, Schriften*, Stuttgart, Metzler/Carl Enst Poechel, 1986.

Do espólio do autor, vieram outras onze histórias e, em 1967, na primeira edição das suas obras reunidas — a *Werkausgabe* —, surgiu, ainda, uma nova história. Um conjunto de 87 histórias foi publicado pela Suhrkamp em 1971, já acrescido de mais trinta histórias que se encontram hoje nas pastas do Arquivo Bertolt Brecht em Berlim, e de outra, escrita em 1955-56, para a atriz Käthe Reichel.

A pasta de Zurique mostra o material das histórias do sr. K. em movimento. Muitas histórias se contradizem, ou continuam algo já iniciado, ou constituem-se por vezes em acréscimos desconcertantes, ou ainda assumem função de ligação, de "dobradiça", segundo Erdmut Wizisla.[8] A maior parte dos textos inéditos que estão nesta pasta provém do tempo em que Brecht e a família estiveram exilados na Dinamarca. Por outro lado, Brecht parece já ter vivido os doze anos da ditadura de Hitler quando escreveu "Sr. K. e a política alemã". Já outros três textos — "O vinho e as uvas", "Sr. Keuner e a morte" e "Vergonha" — surgiram após o exílio norte-americano.

Em relação aos textos do sr. Keuner já conhecidos, a pasta de Zurique possibilita uma confirmação: Brecht nunca considerava suas obras trabalhos prontos, acabados. Percebemos, também, que várias histórias tiveram seus títulos alterados ao longo do tempo. Em algumas, o autor tirou o nome sr. Keuner generalizando-a, como em "O sr. Keuner e a originalidade", que passou a ser apenas "Originalidade". Noutros casos, todo o título foi mudado, concentrando-se no aspecto que o autor desejava destacar: "Uma boa resposta" torna-se, na pasta, "O julgamento". Algumas histórias encontram-se resumidas, outras ampliadas.

A mais conhecida delas, "Se os tubarões fossem homens", iniciava-se, no texto original, com a seguinte frase:

---

[8] Erdmut Wizisla (org.), *Bertolt Brecht. Geschichten vom Herrn Keuner. Zürcher Fassung*, Frankfurt am Main, Suhrkamp, 2004.

"Se os tubarões fossem homens, perguntou-me minha pequena filha, eles não seriam assim tão cruéis com os peixinhos pequenos?". O autor riscou, na folha da pasta de Zurique, o trecho "perguntou-me minha pequena filha" e escreveu acima, no mesmo lugar, "perguntou ao sr. Keuner a filha da sua senhoria". Esta alteração indica o grau de identificação do autor com a figura de Keuner.

É importante lembrar que a necessidade de mudança foi uma constante na vida de Brecht e isto se refletiu também em seus escritos. "Tudo muda, e nós não deveríamos mudar também?", questiona Keuner, ainda como uma das personagens do fragmento *Fatzer*. A existência do sr. Keuner se relaciona diretamente a essa temática, que se estende ao âmbito do pensar. Em uma história sobre o conhecimento dos homens, ele diz: "Pensar significa transformar". Em "O reencontro", alguém que não via o sr. K. há bastante tempo o cumprimenta e diz: "O senhor não mudou nada". A reação do sr. K. é de perplexidade, ao contrário do que se espera. Ele não se alegra com o fato de não ter mudado, mas empalidece, porque acredita firmemente que aquele que pensa está sempre mudando. O próprio pensamento muda, de acordo com a situação. Em uma das histórias deste livro, o sr. Keuner se vê cercado pela maré alta. Primeiro, ele busca com os olhos uma canoa. Mas como nenhuma aparece, e a maré continua a subir, ele se põe a nadar. "Tinha se dado conta de que ele mesmo era uma canoa."

Bertolt Brecht na Alemanha, 1927.

Cronologia da vida e da obra de Brecht

1898　10 de fevereiro: nascimento em Augsburg, no sul da Alemanha. Filho de Berthold Brecht, funcionário e depois diretor de uma fábrica de papel, e de Sophie Brecht, nascida em Brezing.

1904　Ingressa na escola primária (*Volksschule*).

1908　Ingressa na escola secundária (*Realschule*).

1914　Publica os primeiros trabalhos no jornalzinho da escola e no suplemento literário de um periódico local: poemas, artigos e um drama intitulado *A Bíblia*.

1916　Manifesta-se contra a guerra, em uma redação escolar; é ameaçado de expulsão. Amizade com Georg Pfanzelt e Caspar Neher, o futuro cenógrafo.

1917　Termina o secundário. Matricula-se no curso de Medicina em Munique.

1918　Presta serviço militar como enfermeiro em um hospital de Augsburg. Conhece Lion Feuchtwanger, romancista, e Johannes Becher, poeta. Escreve *Baal*.

1919　Escreve crítica de teatro. Trabalha com o cômico Karl Valentin. Tem um filho com a namorada Paula Banholzer: Frank. Escreve *Tambores na noite*.

1920　Morte da mãe. Viagem a Berlim.

1921　Nova viagem a Berlim. Amizade com o dramaturgo Arnolt Bronnen.

1922　Estreia de *Tambores na noite* em Munique. Recebe o Prêmio Kleist pela peça. Casamento com Marianne Zoff.

1923　Nascimento da filha Hanne. Estreia de *Na selva das cida-*

des em Munique, de *Baal* em Leipzig. Conhece Helene Weigel. Golpe fracassado de Hitler, em Munique: Brecht se encontrava entre os primeiros de uma lista de pessoas a serem detidas.

1924 Encena sua versão da *Vida de Eduardo II*, peça de Christopher Marlowe. Mudança para a cidade de Berlim, onde se torna dramaturgo do Deutsches Theater de Max Reinhardt (até 1926). Nascimento de Stefan, filho de Brecht e Helene Weigel. Conhece Elisabeth Hauptmann, sua colaboradora para o resto da vida.

1925 Trabalha na peça *Um homem é um homem*. Escreve a Bernard Shaw, parabenizando-o pelos 70 anos de vida. Trava amizade com o boxeador Samson-Korner e com o pintor George Grosz.

1926 Lê *O capital*, de Karl Marx. Assiste ao filme *A corrida do ouro*, de Charles Chaplin. Estreia de *Um homem é um homem*. Organiza a primeira coletânea de poemas, o *Manual de devoção de Bertolt Brecht*.

1927 Apresentação da *Pequena Mahagonny*. Separação de Marianne Zoff.

1928 Estreia e grande sucesso da *Ópera dos três vinténs* em Berlim. Brecht ganha o primeiro prêmio num concurso de contos, com "A besta". Lê *Ulisses*, de James Joyce.

1929 Conhece Walter Benjamin. Casamento com Helene Weigel. Apresenta *O voo de Lindenbergh*, com música de Paul Hindemith.

1930 *Ascensão e queda da cidade de Mahagonny* estreia em Leipzig. Nascimento da filha Barbara. *A medida* (com música de Hanns Eisler) estreia em Berlim. Escreve *Santa Joana dos Matadouros* para Carola Neher. Publicada a primeira seleção de *Histórias do sr. Keuner* e também *A exceção e a regra* e *O que diz Sim e o que diz Não*.

1931 Férias no sul da França. Walter Benjamin mostra-lhe contos de Kafka. Escreve o roteiro do filme *Kuhle Wampe* (com a direção de S. Dudow). Em colaboração com outros, escreve a peça *A mãe*, baseada em Maksim Górki.

1932 Amizade com Margarete Steffin. *A mãe* é encenada. *Kuhle Wampe* é proibido, depois "liberado com cortes". Em maio, viaja a Moscou. Brecht, Elisabeth Hauptmann, Alfred Döblin e outros frequentam palestras do teórico marxista Karl Korsch. Em seguida reúnem-se no apartamento de Brecht, para discutir textos de Hegel, Marx e Lênin (de novembro a fevereiro).

1933 Os nazistas tomam — ou melhor, recebem — o poder. No dia seguinte ao incêndio do Parlamento Alemão (28 de fevereiro), Brecht deixa o país com Helene Weigel e o filho Stefan. Para em Praga, Viena e Zurique. Estada em Paris, onde George Balanchine apresenta o balé *Os sete pecados capitais*, de Brecht e Kurt Weill. Vai para Copenhague, estabelece-se com a família em Svendborg, na costa dinamarquesa. Conhece a atriz Ruth Berlau.

1934 Walter Benjamin passa uma longa temporada em Svendborg. Viagem de Brecht a Londres. *Os cabeças redondas e os cabeças pontudas*. Publicação da coletânea *Canções, poemas, coros* e do *Romance dos três vinténs*, em Paris e Amsterdã. Colabora com revistas de refugiados. Escreve *Os Horácios e os Curiácios*.

1935 Viagem a Moscou. Os nazistas lhe cassam a cidadania alemã. Viagem a Paris para o Congresso Internacional de Escritores. Viagem a Nova York para a estreia de *A mãe*.

1936 Karl Korsch em Svendborg. Brecht torna-se coeditor da revista *Das Wort* (A palavra), publicada em Moscou.

1937 Escreve a peça *Os fuzis da senhora Carrar*, que é encenada em Paris.

1938 Começa a trabalhar no romance *Os negócios do sr. Júlio César* (não concluído). Cenas de *Terror e miséria do Terceiro Reich* são apresentadas em Paris. Walter Benjamin em Svendborg. Brecht escreve a peça *Vida de Galileu* (primeira versão).

1939 Vai para a Suécia. Morte do pai na Alemanha. Escreve as peças *O interrogatório de Lúculo* e *Mãe Coragem e seus filhos*. Conclui os *Poemas de Svendborg*. Planeja exilar-se na América.

1940 Vai para a Finlândia, sempre fugindo dos nazistas. *O sr. Puntila e seu criado Matti. Conversas de refugiados.*

1941 Com Helene Weigel e os filhos, mais Margarete Steffin e Ruth Berlau, foge para Moscou (morte de M. Steffin), de lá para Vladivostok, na Sibéria, onde toma o navio para a Califórnia. Estabelece-se em Santa Mônica, revê os exilados alemães. Recebe a notícia da morte de Walter Benjamin, que em setembro de 1940 suicidou-se na fronteira da França com a Espanha. Escreve *A boa alma de Setsuan* e *A resistível ascensão de Arturo Ui. Mãe Coragem* é encenada em Zurique.

1942 Encontra-se nos Estados Unidos com Adorno, Horkheimer, Marcuse, Hanns Eisler e Schoenberg. Trabalha com Fritz Lang num roteiro para cinema.

1943 Estada em Nova York, encontro com Karl Korsch e Erwin Piscator. *A boa alma de Setsuan* e *Vida de Galileu* são encenadas em Zurique. Escreve *As visões de Simone Machard* (com Lion Feuchtwanger) e *Schweyk na Segunda Guerra Mundial*. Morte do filho Frank, soldado alemão na frente oriental.

1944 Escreve *O círculo de giz caucasiano.*

1945 Trabalha com Charles Laughton na versão inglesa de *Vida de Galileu. Terror e miséria do Terceiro Reich* é encenada em Nova York com o título *The Private Life of the Master Race.* Começa a escrever uma versão em versos do *Manifesto comunista* (não concluída).

1946 Brecht planeja voltar à Europa. Eric Bentley, o primeiro brechtiano da América, publica *The Playwright as Thinker* (O dramaturgo como pensador).

1947 *Vida de Galileu*, com Charles Laughton, encenada em Beverly Hills. Brecht comparece diante do Comitê de Atividades Antiamericanas. Deixa os Estados Unidos, vai para a Suíça.

1948 Em Zurique, reencontro com Caspar Neher. Encenam *Antígona*, de Sófocles. *Première* de *O sr. Puntila e seu criado Matti. Pequeno órganon para o teatro.*

1949 Estabelece-se em Berlim. Encena *Mãe Coragem*. Funda o Berliner Ensemble com Helene Weigel. *Os dias da Comuna. Kalendergeschichten* (contos). *O preceptor* (versão da peça de Lenz).

1950 Obtém a cidadania austríaca.

1951 Ganha o Prêmio Nacional da República Democrática Alemã. Versão do *Coriolano* de Shakespeare. *Carta aberta aos artistas e escritores alemães*. Edição de *Cem poemas*.

1952 Encenações do Berliner Ensemble (*O cântaro quebrado*, de Kleist; *Urfaust*, de Goethe). Planeja uma peça sobre Rosa Luxemburgo. Adquire uma casa de campo em Buckow.

1953 Em março, morte de Stálin. A 17 de junho, revolta dos trabalhadores em Berlim Oriental. Brecht envia uma carta ao presidente Walter Ulbricht, da qual somente a última frase é publicada. Escreve *Turandot ou O congresso dos alvejadores*, e as *Elegias de Buckow*.

1954 O Ensemble passa a ocupar o teatro no Schiffbauerdamm; ganha o primeiro lugar no Festival de Paris, encenando *Mãe Coragem*. Brecht ganha o Prêmio Stálin da Paz.

1955 Novo sucesso do Berliner Ensemble em Paris, com *O círculo de giz caucasiano*. Brecht escreve *Tambores e trombetas*, versão de *The Recruiting Officer*, de G. Farquar.

1956 Fevereiro, viagem a Milão, para assistir uma montagem da *Ópera dos três vinténs*. Maio: passa dias no hospital da Charité, curando-se de uma gripe. A 10 de agosto participa pela última vez de um ensaio do Ensemble. Em 14 de agosto morre de enfarte do coração.

Sobre o tradutor

Paulo César Lima de Souza é mestre em História Social pela Universidade Federal da Bahia e doutor em Literatura Alemã pela Universidade de São Paulo. Publicou os livros: *A Sabinada: a revolta separatista da Bahia* (Brasiliense, 1987), *Sigmund Freud e o gabinete do Dr. Lacan* (coautor e organizador, Brasiliense, 1989), *Freud, Nietzsche e outros alemães* (Imago, 1995), *As palavras de Freud: o vocabulário freudiano e suas versões* (Ática, 1999) e *Sem cerimônia: críticas, traduções, projetos* (Oiti, 2000).

Traduziu *O diabo no corpo*, de Raymond Radiguet; *Poemas 1913-1956* e *Histórias do Sr. Keuner*, de Bertolt Brecht; *Ecce homo, Genealogia da moral, Além do bem e do mal, O caso Wagner, O Anticristo e Ditirambos de Dionísio, Aurora, Crepúsculo dos ídolos, A gaia ciência, Humano, demasiado humano* e *100 aforismos sobre o amor e a morte*, de Friedrich Nietzsche.

Mais recentemente, tem organizado e traduzido as *Obras completas* de Sigmund Freud para a Companhia das Letras: *Observações sobre um caso de neurose obsessiva ("O Homem dos Ratos") e outros textos (1909-1910)*, *"O caso Schreber" e outros textos (1911-1913)*, *Totem e tabu, Contribuição à história do movimento psicanalítico e outros textos (1912-1914)*, *Ensaios de metapsicologia e outros textos (1914-1916)*, *"O homem dos lobos" e outros textos (1917-1920)*, *Psicologia das massas e análise do Eu e outros textos (1920-1923)*, *O Eu e o Id, "Autobiografia" e outros textos (1923-1925)* e *O mal-estar na civilização e outros textos (1930-1936)*.

Este livro foi composto em Sabon,
pela Bracher & Malta, com CTP da
New Print e impressão da Graphium
em papel Pólen Soft 80 g/m² da Cia.
Suzano de Papel e Celulose para a
Editora 34, em maio de 2020.